어른들이 먼저 읽는 "청소년 동화"

# 통일 소년 단단

이동훈 지음

어문학사

# 머리말

새로운 나라를 함께 만들어 가요

"통일을 가슴에 품고 있어야 통일이 찾아온다."
나는 이것을 태양처럼 밝게 믿습니다.

'통일' 화두는 뜨겁습니다. 까닭에 다루기가 쉽지 않아
요. 시선이 다양하여 '통일' 얘기는 꾀까다롭기도 하고요.
'통일'을 대하는 이러쿵저러쿵하는 여러 마음들은 그대로
가 현대 한국인의 성정이 되었습니다. 아름다운 마음, 슬픈

마음, 부끄러운 마음, 호통 치는 마음, 서격대는 마음이 다한가지로 '통일' 배를 타고 여기까지 흘러 왔던 거죠. 지금도 '통일' 배는 지향 없이 흘러갑니다. 시대를 이끄는 방향키를 잃어버린 채 우리의 '통일' 배는 삿대도 돛대도 없이흘러 흘러갈 뿐입니다.

　푸대접 받는 통일의 꿈이 날마다 가슴 아프게 다가옵니다. 청소년의 가슴에조차 통일의 큰 꿈이 바스러졌을까 매양 두려울 뿐입니다. 그리하여 한반도라는 너른 들에 바야흐로 꽃씨 하나를 새로 심었습니다. 독자들의 가슴 밭에도희망처럼 이 꽃씨를 전하려 합니다. 막 움돋는 파릇한 새싹

같은, 기적 같은 어제오늘의 새로운 한국 문명이 여기 통일의 꽃밭에서 가장 눈부시게 개화할 거라고 믿는 까닭입니다. <통일소년 단단>이라는 이름의 꽃씨. 이것의 꽃말은 '평화통일'입니다. 이 책은 '평화통일'의 꽃을 꿈에라도 활짝 피우고 싶은 간절한 소망으로 태어났습니다. 주인공 단단은 바로 독자 여러분 자신임을 아울러 고백합니다.

어롱대는 햇살이 '통일의 꿈'을 노래하는 새아침입니다. 책의 탄생을 독자 여러분과 함께 기뻐합니다. 꽃이든 책이든 태어났으면, 씨앗의 한살이를 겪어 나갈 테죠. 꽃씨 한 톨에는 이미 꽃밭의 그림이 들어 있음을 우리는 알고 있습니다. 그래서 오늘은 이 책이 비록 꽃씨 한 톨에 불과하나, 내일은 아름다운 꽃밭이 될 것임을 믿어 의심치 않는 것입니다.

&lt;통일소년 단단&gt;—나와 함께 이 시대를 살아가는 모든 배달겨레에게 이 책을 바칩니다. 모쪼록 이 책이 독자들의 많은 사랑을 받고, 특히 학교 교육 현장에서 수업 교재로 알뜰한 대접을 받았으면 하는 바람입니다.

독자 여러분의 건투를 빕니다.

고맙습니다.


2017년 새 날빛 속에서 지은이 이동훈

어둠이 간간이 빛을 토할 뿐 사위가 고요해요. 단단이 번쩍 눈을 떴어요. 으슴푸레한 빛이 벽면의 검은 주렴을 밀어 올리고 있어요. 햇귀가 밝음을 연신 던져요. 야광 벽시계가 눈빛을 날카롭게 쏘네요. 서슬에 단단이 자리를 박찹니다. 저런, 용수철이 따로 없어요. 집에 불이라도 났을까요? 아니 그게 아니에요. 욕실 쪽으로 냅다 뛰는군요. 잠기를 휘날리며 단단이 부리나케 달려가요. 왜 저럴까요? 밥 먹는 시간을 놓쳤을까요? 종종걸음 치는 그를 붙잡아 물어보고 싶군요.

이크크, 큰일 났어요. 깜짝 소식이 있습니다. 심호흡을 하세요. 왜냐하면 까무러칠 수 있거든요. 마음의 안정을 최대한 확보하세요. 심장이 쿵하고 몸 밖으로 뛰쳐나올지도 몰라요. 경천동지의 빅뉴스예요. 준비됐나요? 자, 터뜨립니다. 두두둥!

"우리나라가 통일이 되었어요."

"한반도가 남북통일이 되었습니다."

어때요? 눈앞 세상이 요동치나요? 하늘을 우러러서 새 기운을 받으세요. 하하하 믿지 못하겠다고요? 글쎄 거짓말이 아니에요. 우리가 통일된 게 맞거든요. 때는 2045년 8월 15일. 이날 한반도 비무장 지대에서 남과 북이 얼싸안고 밤새 아리랑 노래를 불렀는데요. 통일의 노래, 기쁨의 노래, 평화의 노래, 눈물의 노래, 화합의 노래가 여울여울 구성졌는데요. 그것은 고스란히 분단 역사 100년을 가로지르는 우리 민족사의 가장 빛나는 잔치한마당이 되지 않을 수 없었겠죠? 백의민족이 마침내 평화통일이라는, 우주보다도 더 큰 세상을 얻었어요. 그날 이후 세계 각국으로부터 축하 사절단이 꽃다발과 함께 속속 도착했겠죠. 하늘나라 순국열사들의 애끓는 응원이 큰 힘이 된 게 틀림없어요. 이 나라 산천초

통일소년 단단

목도 백의민족의 완전 독립을 순결한 마음으로 내처 빌었지 않겠어요? 저 하늘의 해와 달과 별도 통일의 구호를 외치며 겨레의 오랜 비원에 기꺼이 동참했음은 물론이겠죠.

"해가 떠도 통일, 달이 떠도 통일."

"통일, 통일. 통일이 최고야."

이즈막 각종 보도에 따르면 남북 사람들이 근래 십 수 년 동안에 '평화 통일'이라는 구호를 유행가처럼 불러댔다지요. 소풍 갈 때도 통일 노래, 운동회 할 때도 통일 노래, 아이들도 통일 노래, 어른들도 통일 노래, 남자들도 통일 노래, 여자들도 통일 노래, 남녀노소 모두 모두 통일 노래, 한반도 온 사람이 한 사람처럼 통일을 입에 달고 살았는데요. 그 세월이 무려 이십 년이 가까워요. 이 나라 천지인의 통일 열망과 지극한 정성에 우주심이 감응했나 봐요. 게다가 우리 처지가 안타까웠는지 지구인 전체가 한민족을 열렬히 응원해 주었어요. 그때 세계에서 동족이 둘로 분단된 곳은 우리나라가 유일했으니까요.

쪼개진 두 개의 나라가 축복 속에 하나가 되었어요. 한반도의 두 집 살림이 100년 만에 한 집 살림이 되었어요. 하하하 그러니 세상사람 모두가 성대히 축하할 일이 아닐 수 없겠죠. 1953년에 겨레의 참극 6.25 남북 전쟁이 끝나자마자 휴전 속 별거 상태로 들어가서 둘은 얼음 땅에서 각각 백 년을 오슬오슬 견뎠거든요. 그러니까 남과 북은 백년해로한 부부 사이가 아니라, 백년 별거한 괴상한 부부로 오래전 지구별에 등록 되었다지요. 혹 이것은 기네스북에 오를 만한 우리 역사의 슬픈 진기록이 아닐는지요?

2045년. 남북 간에 통일이 선언 되고나서 많은 것이 달라졌어요. 우선은 나라의 살림 돈이 넉넉해졌어요. 국가 재정이 화수분이 되었어요. 쓰고 또 써도 돈이 줄어들지를 않아요. 왜냐하면 국방비 예산이 거의 한 푼도 들지 않아서 그래요. 휴전 별거(분단 시대) 중에는 남과 북이 군사비에 경쟁적으로 돈을 쏟아 붓는 바람에 나라 살림이 노상 빈곤했어요. 까닭에 아이들의 학교 급식도 나랏돈으로 하다말다 끊어지기 일쑤였다는데요.

그러나 통일 한반도에서 지금은 남북 군사비가 통일 이전보다 당장 100분의 1 이하로 줄었어요. 후후후, 우리나라가 세계 제1의 부자 나라가 금방 되는 게 아닌지 몰라요. 게다가 남북을 자유롭게 왕래할 수 있어서 경제 영토가 한반도 북쪽은 물론이고 저 멀리 유라시아 대륙을 넘어 전 세계로 훌쩍 뻗어갔지 않겠어요. 한반도의 경제 영토가 지구촌 전체로 거침없이 확장되었어요. 또 남북을 합치면 우리나라의 인력과 자원이 분단 시대보다 몇 갑절이나 더 넉넉해진 것은, 누구에게 어떻게 얼마나 몇 번을 더 자랑하면 좋을까 싶은데요.

통일 1세대들의 몸놀림과 표정이 더없이 밝았더래요. 한반도 단일 국가에 대한 자긍심과 행복감이 깊은 계곡의 맑은 샘물처럼 퐁퐁퐁퐁퐁 언제고 어디서고 하염없이 솟구쳐 나오더라고 하데요.


소망이 순배 돌아 새 나라 지어졌네
바람이 건듯 불어 꽃향기 사무치네
눈부신 아침 태양아 통일 노래를 띄우렴

주인공을 소개할게요. 이름은 단단. 축구를 좋아하는 중학생 풋청춘이에요. 고향 안동에서 학교를 다니다가 2학년 때 평양중학교로 전학을 가요. 국어 교사인 아버지가 평양으로 전근을 가서 그래요. 아버지가 남쪽의 표준어와 북쪽의 문화어를 비교 연구하는 데 관심이 많아요. 진작부터 평양에 가서 이것을 본격적으로 공부를 하고 싶어 했어요. 어머니 역시 평양에 대한 동경이 약간 있었어요. 그래 아버지의 뜻에 맞추어 평양 초등학교로 전근 신청을 했는데요. 까닭에 가족 모두가 평양으로 이사 갈 수밖에 없겠죠. 단단도 괜찮다 했어요. 식구는 단출하게 3명이에요.

단단이 볼 때 어머니가 아버지보다 힘이 더 세요. 집에서 여자 한 명을 남자 둘이가 감당을 못해요. 노상 쩔쩔 매요. 주말에는 집안 청소와 장보기와 기타 살림을 남자들이 도맡아 해요. 그러나 오해 마세요. 부자가 봉사 정신이 투철해서 그런 게 절대 아니에요. 어머니의 무지근한 압력 때문에 그렇대요. 후훗, 단단 집안을 쥐락펴락하는 대장이 어머니임을 너끈히 짐작할 수 있겠죠?

단단은 축구를 참 좋아해요. 잘하기도 하고 말이죠. 그런데 축구 말고 또 좋아하는 게 있어요. 단단은 시조 짓기를

통일소년 단단

좋아해요. 참 엉뚱하죠? 또래 아이들은 모두가 휴대폰과 컴퓨터에 빠져 사는데 말이에요. 요즘 아이들은 거개가 시조가 무엇인지 몰라요. 학교에서 안 가르치는데 알 턱이나 있겠어요? 사실은 어른들도 잘 몰라요. 그냥 막연히 옛날에 배웠는데, 하고 말아요. 시조에 관심도 없고 애착도 없어요. 시조는 한민족에게 희미한 옛사랑의 그림자가 되고 말았어요. 그러나 단단의 아버지는 전통의 시조 문학에 겨레의 정체성과 자긍심과 인성의 씨앗이 심어져 있다고 봤어요. 한국 철학의 바탕과 인성 교육의 고갱이가 바로 시조에 있다고 굳게 믿는 게지요. 그러나 아버지는 차마 단단에게 직접 가르치지 못하고 오랜 벗인 해마루 사부에게 부탁을 했어요. 단단에게 시조를 가르쳐달라고 말이에요. 여차저차 해서 사제간에 인연의 새싹이 파랗게 돋아날 즈음해서 단단은 시조의 매력에 담뿍 빠져들었어요. 그의 몸과 마음에 시조가 전해주는 좋은 울림이 찾아왔던 거죠.

　이후랑 단단은 혼자서 시조놀이를 종종 해요. 시조를 짓다보면 마음이 맑아지고 깨끗해짐을 느끼거든. 중학생이 되면서부터 단단은 시조 짓기가 지구의 평화를 지키는 운동이며 생명을 사랑하는 운동이라는 것을 시나브로 깨닫게 되었어요. 사실은 시조를 진심으로 좋아하면 누구나 단단처럼 되고 만다죠? 시조가 그만큼 매력이 있는가 봐요.

축구와 시조놀이 ─ 책장을 넘기면서 막상 축구 경기는 직접 보지 못해도 우리가 단단의 시조놀이는 만판 구경할 수 있어요. ㅡ 재미가 쏠쏠할 거예요. 기대해도 좋겠죠?

단단은 교실에 흘러든 햇빛에 눈인사를 하고 밖으로 나왔어요. 운동장을 가로질러 아이들이 학교 밖으로 진출했어요. 떠들썩한 함성이 몰려다니며 거리 곳곳이 인산인해예요. 춤판이 벌어졌어요. 통일의 난장 마당이 열렸어요. 모두들 춤을 춰요. 노래를 불러요. 경사도 이런 경사가 없어요. 한겨레 현대 역사에 가장 큰 잔치판이 벌어졌어요. 분단의 뼈저린 고통이 돌개바람을 타고 통일의 신명으로 바뀌었어요. 이것은 그대로가 민족 대단결의 뜨거운 외침이며, 평화 통일의 신바람 난 놀이판이라고 해도 좋아요. 바야흐로 경천동지의 새 역사가 펼쳐졌어요. 하늘가에 한 조각 뭉게구름이 일어나더니 '통일'이라는 글자를 큼지막하게 천천히 쓰고 있어요.

아아 분단의 고통과 통일의 기쁨이 정비례 관계임이 밝혀졌어요. 한반도 전역은 남녀노소 구별 없이 신명으로 지펴졌는데요. 거듭되는 만세 구호와 통일 환호성에 답하느라 산천초목조차 생목이 잠겼어요. 천하의 생명과 생명들이 제 속에서 저절로 피어나는 지순한 환희를 서로에게 선물처럼 전달하는 의식이 길게 길게 치러졌어요.

"통일 만세"

"평화통일 만세"

구호가 방방곡곡에서 뜨겁게 횃불처럼 타올랐는데요. 밤이 깊어지면서 함성은 횃불이 되고 횃불은 함성이 되어 밤하늘을 붉디붉게 수놓았겠죠? 그것들은 시간을 거스르며 밤공기 중을 향기로 떠돌다가 한반도인의 가슴 가슴에 알알이 별빛으로 스며들어 마침내 웅숭 깊은 노래가 되었어요.

흐르는 열구름아 웃고 있는 꽃들아

백 년을 기다려서 통일 꽃 피었구나

한바탕 기쁜 잔치를 푸짐하게 즐기렴


햇살이 창문 너머로 들이쳐요. 기쁨처럼 빛이 쏟아져요. 단단은 기억 창고를 들여다보고 있어요. 사무친 날이 떠올랐어요. 그날은 남북 공동 명의로 통일선언서가 발표되던 날입니다. 단단은 그날을 잊을 수가 없어요. 2045년 8월 15일. 학교에서는 광복 100주년 기념식을 야단스레 준비하고 있었어요. 왜냐하면 백(100)이라는 상징성 때문에 그래요. 우리 배달민족에게 100은 '온'이라는 순우리말로 더 유명해요. '온'은 '모든'이라는 뜻이죠. 그러니만큼 8.15 광복절 기념행사가 100회째라면 뭔가 의미심장하겠고 어쨌든 기대와 설렘이 굉장했어요. 그래 100주년 행사를 남과 북이 공동으로 치른다고 몇 년 전부터 남과 북에서 제각기 광고를 여러 차례 해둔 바 있거든요.

2045년 8월 15일, 단단이 학교에 갔어요. 10시 조금 못미처 교내 방송이 시작되었어요. 전교 모든 학반에서는 텔레비전을 켜고 방송에 주목하라는 거예요. 원래는 이때가 여름 방학 중이지만 100주년이라는 특별한 의미 때문에 학교에서 8.15 기념식을 하려고 임시로 등교한 거예요. 정각 10시에 '뚜~~' 소리와 함께 화면에 해봉하 대통령이 등장했어요. 봉황을 거느리고 미소 띤 얼굴로 그가 단상에 나타났어요. 선생님들과 학생들의 눈길이 화살이 되어 텔레비전 과녁에 가서 일제히 꽂혔어요.

"대한민국 정부와 조선민주주의인민공화국 정부는 2045년 8월 15일 10시를 맞아 하나의 통일국가가 되었음을 엄숙히 선언합니다.

2045년 8월 15일

대한민국 대통령 해봉하
조선민주주의인민공화국 노동당 위원장 김성정."

대통령의 선언문 낭독이 끝나자 교실이 떠나가라 아이들의 함성이 터져 나왔어요. 남북통일의 들끓는 감정을 교실에 가둘 수가 없잖아요. 아이들은 '통일 만세'를 연호하며 약속한 듯이 운동장으로 내달렸어요. 누가 먼저랄 것도 없어요. 누가 지시한 것도 아니에요. 그저 몸이 느끼는 대로 마음이 가자는 대로 할 뿐이겠지요. 아이들은 '통일 만세'를 제창하며 운동장을 빠르게 돌기 시작했어요. 어깨를 걸고서 기진맥진할 때까지 달리고 또 달렸어요. 그예 달음질에 지치자 이번에는 운동장 복판에서 커다랗게 원을 만들었어요. '쾌지나칭칭나네' 노래를 불렀어요. 선소리, 매김 소리가 열기를 타고 하늘 높이 치솟았어요. 아아 얼마나 황홀하든지요?

단단은 지금도 그때를 떠올리면 가슴이 뜨거워져요. 눈시울이 촉촉해지며 눈물방울이 금세 핑 돌아요. 운동장에 함께 나온 선생님들은 이구동성으로 말씀하셨어요. 그 옛날 100년 전에 있었던 8.15 광복 때보다 이번 열기가 아마 100배는 더 더 뜨거웠을 거라고. 아아 모르겠어요. 2034년에 남북이 월드컵 축구 대회를 함께 개최한 적이 있었거든요. 잘 모르긴 해도 그때보다 족히 열 배가 넘는 열정과 감동의 물결이 한반도 전역을 세차게 휘감았어요. 질풍노도 같은 환호성이 지진이 난 것처럼 방방곡곡을 뒤흔들었더랬지요. 하

　　　　　　　　통일소년 단단

느님이 우리 역사의 각본을 미리 짜 맞추었다는 풍문이 공기를 타고 떠돌았어요. 그날, 그러니까 남북통일이 선포된 2045년 8월 15일은 정확하게 분단 100년 만이라서 더욱 의미 있고 짜릿하고 흐뭇하고 황홀했을 게 아니겠어요?

대망의 2045년 8월 15일은 한반도의 지형도를 단숨에 바꾸었어요.

오전 10시가 지나자 거리마다 사람들이 헝겁지겁 쏟아져 나왔어요. 그들은 하나같이 손에 통일 국기를 들고 있었겠죠. 홍분에 들떠 사람들은 삼태극기를 마구 흔들며 외쳤어요.

"만세! 통일 만세! 평화 통일 만세!"

"남북통일 만세"

삼태극기는 임시로 제작한 통일 조국의 국기예요. 이것은 기존의 이태극기인 빨강 무늬, 파랑 무늬에 노랑 무늬를 추가했어요. 그래서 삼색, 3태극이 되었지요. 삼태극기가 오늘 등장한 까닭은 예전에 남북이 공동으로 통일 한반도의 국기를 공모한 적이 있어요. 그 역시 해봉하 시인이 주도한 〈홍익인간 다살림 운동〉의 하나였지요. 그때 3태극기가 통일 국기의 당선작이 되었겠죠? 그래 이것을 광복 100주년 이번 행사에 쓸 요량으로 남북 정부 당국이 오래전에 대량으로 제작해둔 거예요. 삼태극기가 아마도 새 나라의 공식 국기가 될 것 같아요. 왜냐하면 우리 겨레의 삶 철학과 정체성이 3태극에 가장 또렷이 담겨 있거든요. 대립과 단절을 극복하고 평화와 상생을 염원하는 겨레의 마음이 3태극 동그라미 속에 고즈넉해요. 3태극만큼 명료하고 의미 있게, 그리고 철학적이고도 아름답게 우리 겨레의 심성과 문화 바탕을 상징적으로 드러내 주는 게 다시 또 있을까요?

단단이 훗날에 들은 이야기가 몇 있어요. 통일 선언문이 발표되던 날, 많은 대학생 젊은이들이 맨발로 한반도를 질주했대요 글쎄. 남쪽은 북으로 마냥 달려가고 북쪽은 남으로 마냥 달려가고⋯.

그들은 초원을 질주하는 야생마 폭주족 같았다고나 할까요. 바람 길이 되어 바람보다 빠르게 달렸다는데요. 한반도를 내달리는 청년들의 모습이 상상이 되나요? 그날의 한

통일소년 단단

반도는 산천초목마저 환희에 젖어 남북통일의 설렘과 기쁨을 온몸으로 받아들였는데요. 단단은 그때 초등학생이었으나, 어린 가슴에 뜨겁게 불 방망이질하던 그 기분을 어제 일인 듯 지금도 몸으로 생생하게 기억하고 있어요.

한겨레는 그때 평화통일을 얻고 나머지는 다 버렸어요. 우선은 미움을 버렸어요. 해묵은 남북 간의 원망을 버렸어요. 오래된 증오를 버렸어요. 혐오와 저주를 기꺼이 던졌어요. 애오라지 사랑만 남겨뒀어요. 아낌없이 사랑할 때라는 걸 서로가 잘 알아요. 그래서일까요, 그즈음 한반도인들에게는 몸에서 막 빛이 났는데요. 빛이 반짝반짝 나더래요. 그렇잖아요? 사람이든 짐승이든 꽃이든 돌멩이든, 사랑에 빠지면 몸에서 빛이 나거든요. 그때의 남북 사이가 딱 그랬어요. 둘은 금세 다정한 연인이 되었어요. 아니 그게 아니에요. 새로 신혼 기분을 내는, 풍성히 잘 익은 중년 부부 같았다고 하는 게 좋겠어요.

2045년, 한반도의 지도가 아침 해를 맞이하는 한 송이 무궁화 꽃이 되었어요. 나라 전체가 환한 빛으로 들어찼어요. 사람이 지극 정성으로 자연을 사랑하고 존중하면 자연은 생명과 아름다움을 선물인 양 보답해 준다지요. 그런 걸까요,

지금의 통일 세상이 한반도인들에게는 마치 달콤한 꿈속 같아요. 이즈음 하루가 멀다 하고 남쪽 사람들은 북으로 이사를 가고, 북쪽 사람들은 남으로 이사를 가고 해요. 통일 대동국에서는 지금 이것이 새로운 살림의 대유행을 타고 있어요. 어쩌면 민속 대이동 현상이야말로 〈다살림 운동〉의 절정인지 몰라요. 삼천리 골골샅샅에 통일 세상의 즐거움이 꽃 잔치인 양 흥성여요. 삶의 차원 높은 도약이 일순 눈앞에 펼쳐졌겠죠? 사람들은 새 삶에 대한 기대감으로 하루하루가 매양 설렜어요.

푸르른 버드나무 미소가 걸려 있네
봄바람 살랑살랑 실가지는 하롱하롱
해님아 썩 비켜다오 우리들이 해로다

단단은 봄 햇살을 받으며 공원 벤치에서 책을 보고 있어요. '무궁화의 눈물' – 〈홍익인간 다살림 운동〉에서 오래전에 펴낸 베스트셀러입니다.

언뜻 2030년대 한반도의 일상 풍경이 보이네요. 단단의 시선이 거기에 꽂혀 있어요. 남북이 사실상 이때부터 한 나라처럼 되었군요. 남북 경계선을 실선이 아니라 점선으로 표시했어요. 경계선을 쉬 넘나든다는 뜻이겠지요. 해봉하 시인이 주창한 〈홍익인간 다살림 운동〉이 남북 상호 교류라는 화해의 물꼬를 트며 방방곡곡으로 물결쳐 가는 게 눈길을 강하게 사로잡네요. 특히 2034년에 남북이 공동으로 개최한 월드컵 축구대회는 한반도 평화 통일의 기운과 분위기를 만천하에 과시한 아주 중요한 잔치마당이 되었음에 틀림없어요. 그날의 화려한 사진들이 즐비해요. 사진에 담겨진 뜻 이상으로 2034 코리아 월드컵대회 이후로 남북은 인적, 물적 교류가 제한 없이 광범위하게, 그리고 쉼 없이 줄기차게 이어졌더랬지요. 그로부터 원 코리아 통일 국가에 이르기까지 장장 이십 년 가까운 세월이 유장하게 흘러갔습니다.

이렁성저렁성 통일의 물길이 2040년대에 닿자마자 남북 사람들은 상대 쪽으로 한결 왕래가 잦아졌어요. 그것은 마치 오래된 고향 집을 찾아가는 것 같았어요. 사람 사는 게 그렇잖아요. 정이란 게 또 그렇기도 하고요. 한 번 보고 두 번 보고 열 번 보고 스무 번 보고 하니까 저절로 남북이 진짜로 한 가족 한 형제처럼 되고 말았겠죠. 보고 보고 또 보고, 그러면 세월이 흐를수록 속정이 깊어지고 둘의 사이가 엄청 좋아질 수밖에요. 2040년대의 남북은 눈빛만 보고도 뜻이 통하는 연인 사이로 발전했어요. 그들은 시시때때 통일 국가의 초록 꿈속에 낮밤 없이 함께 빠져 들고 말았죠.

2045년 여름이 찾아왔어요. 이즈음 평화통일의 소망이 잘 익은 수박 속처럼 발그레하니 예뻤더랬어요. 8.15 광복 100주년을 코앞에 둔 어느 날입니다. 남북 최고 지도자가 오랜 연인처럼 다정히 만났어요. 해봉하 대통령의 통 큰 제안을 북쪽에서 냉큼 받아들였겠죠. 얼굴을 마주한 남과 북의 최고 지도자 사이에는 스스럼없는 이야기가 오고갔다는데요. 이때가 2045년 7월 초순이에요. 며칠 후 분단국가의 통일 담당 실무자가 백두산 천지에 올랐어요. 우리 민족사 최대의 담판을 거기서 짓기로 했거든요. 화창하게 갠 날 정오에 백두산 꼭대기에서 남북 당국이 만났어요.

남측 대표가 먼저 운을 뗐어요.

통일소년 단단

"이번 광복절에 같이 통일 선언을 할까요?"

목소리가 다정하고 힘찼어요.
북측 대표가 이를 냉큼 받았겠지요.

"좋수다. 우리 힘으로 평화통일 합수다래."

아하 통하였군요. 남북의 맞장구가 기막힌 짝을 만났습니다. 갓 연애에 빠진 사람처럼 그날 그들의 가슴은 다듬질 방망이 치듯 크게 뛰었을 테죠.

새 아침이 찾아왔어요. 바람은 기분 좋을 만큼 불어와요. 밝음 속에 생명이 꿈틀거려요. 목숨붙이들에게 햇살은 자연이 주는 식량이지요. 일렁이는 햇살은 생명체들에게 부활의 날갯짓과 다름없어요. 새 세상이 밝아오네요. 통일 세상이 첫걸음을 떼었어요. 나라 이름은 '대동(大同)'으로 정했죠. 영어로는 '코리아' 그대로예요. 2045년에 남북통일이 선언되면서 많은 새로운 일들이 일어났어요. 특히 남북 축구협회가 가장 발 빠르게 움직였겠죠? 통일을 축하하는 축구 대회 잔치 한마당을 열어야 했으니까요.

사실 겨레의 통일과 같은 큰 잔치를 빛내는 걸로는 축구 대회만한 게 없잖아요? 통일 공동 선언 직후 남과 북의 축구 협회가 손발을 척척 맞추었겠지요. 이 모든 건 일사천리로 진행되있어요. 각종 통일 기념 축구 대회가 단박에 결정되었죠. 단단이 뛰는 중학생 축구 대회가 그 중의 하나임은 물론이에요.


삼 태극 줄무늬에 햇살이 아롱아롱
축구를 할까보냐 잔치를 할까보냐
공기 반 즐거움 반에 새 하늘이 웃는다


햇살이 축구공처럼 뛰노는 아침 8시. 앗, 단단이 저기 오네요. 축구 유니폼이 멋있군요. 3태극 줄무늬에 햇살이 아롱거려요. 단단이 가볍게 미소를 짓고 있어요. 두 눈가에 감동의 빛이 살그니 나타났어요. '이게 꿈은 아니겠지?'하는 표정이에요. 오래 그리던 꿈이 이루어진 벅찬 기쁨이 낯빛에

통일소년 단단

얼비치네요. 그는 동료 선수들과 섞이어 버스에 천천히 오릅니다. 특별한 경기에 나선다는 기쁨과 자랑스러움이 그들의 표정과 몸짓에서 음악 소리가 되어 명랑하게 흘러나오는군요.

단단은 버스에 올라 의자 등받이에 깊이 몸을 묻었어요. 해밝은 기운이 실내를 살포시 감도네요. 눈을 감고서 단단은 곧장 사색의 바다를 헤엄치기 시작해요. 그 바다는 깊고 포근하며 많은 것을 품고 있는 듯했어요.

아침 햇살이 차 속까지 찾아왔어요. 햇살은 눈앞에서 어룽대는 꿈같아요. 어릴 때부터 단단은 축구를 좋아했어요. 햇살 알갱이가 마치 작은 축구공 같았죠. 눈만 뜨면 어린이 축구 교실에 아예 살다시피 했어요. 물론 부모님을 졸라서 그리되었어요. 방학 때는 밥도 안 먹고 숫제 축구만 했어요. 그러다보니 단단은 축구 물리가 일찍부터 터졌지요. 축구 기술은 물론이고 축구 정보가 또래의 누구보다 섬세하고 정확하고 풍부했어요. 외국의 유명 축구 선수들을 부모님 알기보다 더 잘 알아요. 그들의 신상 명세를 훤히 꿰뚫고 있어요. 누구는 특기가 무엇이고 몇 살 때 무슨 구단에 입단했고 누구는 연봉이 얼마이며 지난 이적료는 어느 정도이며 드리

볼은 누가 제일 잘 하고 올해는 어느 선수가 어디로 옮겨 가고 누구는 지금 어디서 무엇을 하고…. 하하하 어쩌면 단단은 축구 기술보다 축구 정보에 더 밝다고 해야 할 것 같군요.

단단은 버스 안에서 옛 생각에 곧장 젖었어요. 중학생이 된 난난은 기어코 남북 대회 대표 선수로 뽑히고 말았어요. 물론 엄격한 심사를 통과했었죠. 그 후 근 석 달 동안 격한 훈련을 소화하는 시간을 보내야 했지요. 외롭고 힘들었지만 단단은 그때 많이 행복했던 것 같아요. 자신의 일정과 행동 하나하나에 보람과 의미와 가치가 따라붙었으니까요. 하루 연습을 마치면 아이들의 어깨 위로 어김없이 붉은 노을빛이 찾아왔어요. 석양은 격려와 위로의 손길을 둘러선 아이들에게 하나하나 따스하게 얹어 주었더랬죠.

하하하 보세요. 여기 열네 살 청춘을 보세요. 풋청춘을 보세요. 풋꿈을 보세요. 평양 종합 운동장에서 어린 꿈이 꽃대를 갓 세웠어요. 남과 북은 이미 국경선이 깨끗이 지워졌어요. 마음의 국경선조차 자못 희미해졌어요. 100년 된 분단 대가족이 극적으로 화해의 손을 맞잡으니, 그간의 원망과 미움이 한낮 햇빛에 눈이 녹듯 사라졌나 봐요. 남과 북은 아

통일소년 단단

주 빠르게 옛날처럼 하나의 나라, 하나의 겨레가 되어가고 있어요. 해 시인의 〈홍익인간 다살림 운동〉이 터를 잘 닦아 놓은 덕분이라고 말들을 하데요. 진도가 어찌나 좋게 또 빨리 나가는지 북쪽과 남쪽이 어느 새 하루 생활권으로 묶였어요. 후후훗, 남들이 보면 벌써부터 한집에서 동거하는 것처럼 보이기도 할 걸요. 가령 신의주에서 같이 점심을 먹고 저녁에는 충주에 가서 다른 모임에 참석할 수가 있을 정도가 되었단 말이죠.

찻길과 기찻길, 그리고 바닷길과 하늘 길까지, 남북 사이의 길이란 길이 죄 열렸어요. 한반도인들은 이제 어딜 가든지 스스럼이 없어요. 남북 분단가족이라는 용어는 아득한 옛말이 되었어요. 물론 분단가족이라 해서 통일이 되자마자 다 만나본 것은 아니에요. 이차저차 사정 때문에 해후를 하지 못한 분단가족도 꽤 있어요. 그러나 범벅 눈물의 분단가족 상봉은 먼 전설이 되고 말았어요. 공화국에서는 거주 이전의 자유라는 게 있잖아요? 원하기만 하면 사람들은 한반도 어디서나 살 수 있게 되었어요. 부산에 살다가 평양으로 이사 갈 수 있고, 흥남에 살다가 조치원으로 옮겨갈 수도 있어요. 직장 선택도 자유롭다마다요.

통일 나라가 되고 보니 시민의 일상 속에는 자유의 공기가 포근히 떠돌아요. 자유의 바람 속에는 배꽃 같은 달콤한 향내가 묻어나요. 예전에 남북 분단 때는 상상조차 못하던 것들이 지금은 일상이 되었어요. 평범한 하루하루가 더 한껏 소중하고 알뜰하고 내 것스러움은 어쩔 수가 없겠죠. 통일 1세대 사람들은 매일같이 통일의 향기로움과 일상의 위대함을 노래하기 바빠요.

백 년 만의 통일! 곰곰 생각해 보세요. 우리가 분단 절단 시대에 곡절이 참 많았겠죠. 세월의 갈피마다 핏빛 사건들이 층층이 쌓였어요. 넘기는 책장마다 참절비절한 민족사의 아픔이 통곡처럼 쏟아져요. 이 땅의 평범한 사람들에게 사사건건 동족의 증오와 혐오를 부추기던 그 많은 민족 반역자들이 지금은 다 어디로 갔을까요? 아아 지나간 분단 시대의 희비극은 밤하늘의 별들보다 수효가 더 많아서, 어디서부터 이야기를 끄집어내야 할지 모르겠군요.

1950년 6.25 남북 전쟁 후 분단 별거 시대가 본격적으로 열렸어요. 그로부터 무려 100년. 함께 생각할 게 있어요. 분단 시절의 사람들은 누구나 통일을 원했을까요? 분단 시절에 남북 간의 우호적이고 화기애애한 분위기를 어쩌면 권력

통일소년 단단

자들은 원하지 않았을지도 몰라요. 남북 당국은 내처 상대 쪽을 미워하고 혐오하고 저주하고 그런 게 더 많았어요. 왜냐하면 상대에 대한 적대감이 깊어질수록 내부 권력자들의 권력은 커지고 자기들 잘못은 작아지게 되니까요. 실제로 분단 별거 시대에 한반도 남쪽을 한때 지배한 '빨갱이 혐오증'은 무엇이든지 빨아들이는 블랙홀이었는데요. 이것 때문에 남쪽 사람들은 언제부턴가 일본을 욕하거나 친일파에 분노하기보다 북쪽을 욕하고 북쪽 빨갱이 세상을 혐오하고 저주하는 일에 더 적극성을 띠게 되었대요. 이를 계기로 친일파 승계자와 후손들이 노골적으로 남쪽 사회 공동체를 쥐락펴락하며 나쁜 권력을 오래 오래 휘둘렀다는 슬픈 이야기가 전해집니다.


　　흥남에서 논산으로 함양에서 신의주로
　　달콤한 자유 향기 누리 가득 번져라
　　세상아 통일 세상아 고마워서 어쩌누

통일 1세대 사람들은 좀 독특해요. 그 전과는 많은 점에서 달라졌어요. 뭐랄까 통이 커졌다고 할까요? 분단의 벽에 갇혀 굽질리고 꾀죄죄한 정신세계를 가진 때와는 딴판이에요. 어항 속 물고기로 살다가 창공을 비상하는 새매가 되었다고나 할까요? 생각이나 정서의 틀이 뾰족하지 않고 또 막혀 있지 않고 포실하고 부드럽고 넉넉해요. 마음이 동하면 언제든 통일 기차나 대륙 횡단 열차를 집어타고 단숨에 지구 전역을 찾아갈 수 있거든요. 그러니만치 달콤한 통일 열매가 시나브로 세계 곳곳에서 풍성히 익어가고 있다고 봐도 좋은 일이겠죠?.

조국 통일은 많은 걸 바꾸었어요. 사람들의 생각이 커지고 배포가 넓어지고 마음에 여유가 뛰놀아요. 한반도의 경제 영토가 한없이 넓어져서 더 그렇죠. 세계 전체가 우리에게 가직한 생활공간이 되었으니까요. 일자리가 무한대로 생겨났어요. 한반도 북쪽과 남쪽, 그리고 지구촌 곳곳이 우리의 일터예요. 특히 유라시아 대륙과 북녘 땅과 아프리카 땅이 천금과도 같은 기회의 땅이 되었지 않겠어요? 끊어졌던 대륙의 길이 통일 후 시원하게 이어져서 그래요. 이것은 한반도를 출발점으로 해서 세계 속으로 빠르고 쾌적한 경제 고속도로가 씽하니 개통된 것과 같은 효과가 아닐 수 없어요.

남북이 하나 된 단일국가야말로 지구 위에서 가멸은 복지를 누릴 자격이 있는 게 아닐는지요? 해봉하 시인의 놀라운 점은 우리 시대의 열망과 급소를 정확히 짚었다는 거예요. 민족의 명운이 군색하게 막혀 있을 때 고맙게도 우리의 영웅 해 시인이 역사의 해결사로 턱하니 등장했어요. 백 년 동안 꽁꽁 얼어붙었던 동토의 제국에 마침내 봄 햇살이 사방팔방으로 기쁨의 빛을 뿌리며 찾아왔지 않겠어요. 한반도 대동 세상이 활짝 열린 거죠. 하하하 해봉하 시인이 우리나라 초대 통일 대통령이 되었음은 물어보나 마나겠죠?

2049년 10월 3일. 평양의 아침 공기가 깨끗해요. 바람이 투명하네요. 오늘은 제 5회 남북통일 기념 축구 대회가 열리는 날이에요. 맨 처음 우리가 본 것처럼 숙소에서 늦게 일어나 허둥댔지만, 단단은 지금 기분이 무척 좋아요. 한편 살짝 긴장되고 불안하고 설레고 그래요. 왜냐하면 그가 오늘의 주인공이니까요. 단단은 남쪽의 중학생 축구 대표선수로 왔어요. 그는 스스로가 대견해요. 남쪽에서 축구를 좀 잘한다

해도 평양에는 아무나 올 수 있는 게 아니거든요. 난다 긴다 하는 축구 유망주들과 치열한 경쟁을 해서 그걸 뚫고 대표 선수로 선발되어야만 하지요. 게다가 여기에는 축구 실력만 가지고는 안 돼요. 겨레 역사와 정체성에 대한 높은 이해가 밑빋침 되어 있어야 대표선수로 뽑히거든요. 단단은 다른 애들과 마찬가지로 통일 축구 대표 팀에 선발되기까지 여러 번의 고비를 넘어서야 했을 테죠.

테스트는 엄격하고 과정은 험난했어요. 까다롭고 강도 높은 몇 차례의 선발 시험들이 단단 일행의 앞길을 번번이 가로막았죠. 웬만한 지원자들은 예비 선발에서부터 가을 무 뽑히듯이 쑥쑥 떨어져나갔지 않겠어요. 그러나 단단은 용케 살아남아 예비 명단에 들었어요. 까까머리 중학교 1학년 치 고는 놀라운 결과예요. 사실은 평소의 공부가 많은 도움이 되었어요. 그는 어릴 때부터 배달겨레의 역사와 문화에 관 심이 많았거든요. 국어 교사인 아버지한테서 틈틈이 가르침 을 받기도 했고요. 단단이 해마루 사부를 알게 되고 시조를 좋아하고 시조놀이를 특기로 가진 것도 그 덕분이에요. 그 렇긴 해도 사실 그가 축구 대표가 된 것은 운이 아주 좋았다 고 하지 않을 수 없어요. 뒤에 알게 되겠지만, 단단이 그 이듬해 중학교 2학년이 되어 평양으로 이사를 가서 영영과 만나게 되는 것도, 어쩌면 하늘이 미리 각본을 짜놓아서 그런 것인지도 몰라요.


동토의 한반도에 봄 햇살 찾아오니

멀고먼 유라시아 거친 땅 아프리카

곳곳이 우리 땅일세 경제 영토 넓도다


통일 소년 단단! 단단은 통일 1세대예요. 후후후, 통일 1세대는 중심 생각이 또렷해요. 내가 세상의 중심이라는 큰 생각이 그거예요. 그들은 주인 정신이 충만해요. 분단의 비좁은 틀을 벗어나 지구라는 큰 숲을 호흡하는 데 익숙해요. 막혔던 대륙의 길이 통일이 되어 무슨 비밀의 문처럼 활짝 열렸으니 더욱 그렇죠. 해봉하 대통령 시대의 사람들은 자신이 남북통일 첫 세대라는 자부심이 대단했어요. 통일 시대를 자신의 힘으로 개척했다는 자긍심을 가슴에 훈장처럼 달고 다녔어요. 그들은 앞 세대의 소모적이고 편향적이고 독재적인 사고의 저주에서 완전히 벗어났음을 공개적으로 선언한 바 있어요. 이 모든 게 해봉하 시인이 자주와 평화, 그리고 민족대단결의 원칙을 제시하면서 남북 간에 〈홍익인간 다살림 운동〉을 꾸준히 펼친 덕분이 아닐까 해요. 아아 생각하면 '다살림 운동'은 얼마나 지혜롭고 따스하고 반듯하고 용기 있는 민족 철학이던가요? 이걸로 남과 북은 평화통일의 기반을 튼실하게 닦을 수 있었으니까 말이에요.

〈다살림 운동〉이 들판의 불길처럼 번져나가던 2030년대 이후는 한반도에 평화의 마음과 노마드 정신이 콸콸 흘러들었어요. 세계를 내 품에—내가 있는 곳이 곧 세상의 중심이라는 마음가짐, 이것이 노마드 정신이에요. 역설적이기는 해도 통일 1세대 한반도인들은 조국에 대한 자부심이 또한 대단해요. 언제 어디서나 무엇을 해도 그저 "우리나라, 우리나라" 합니다. 그만큼 통일 조국이 자랑스럽다는 거겠죠. 아닌 게 아니라 꿈속에서 또 그걸로 꿈을 꾸던 이상 국가를 만나 지금과 같이 예쁘고 향기로운 삶을 살아가다니, 그 아니 심장이 터지도록 황홀하고 기쁘고 행복하고 짜릿하지 않으려고요?

어쨌거나 지금 단단은 운동장 한쪽에서 가볍게 몸을 풀고 있어요. 기분이 그렇게 좋을 수가 없어 보여요. 만면에 웃음이 가득해요. 그럴 수밖에 없겠죠. 왜냐하면 단단은 지금 풋 꿈을 이루었거든요.

대표 선수가 되어 북쪽에 가는 꿈. 어릴 때부터 단단은 축구로 꿈을 꿨어요. 평양에서 축구 경기를 하는 꿈을 날마다 꿨지요. 한 발 한 발 축구 중독의 늪 속으로 빠져드는 위험천만한 생활을 차라리 즐겼어요. 단단은 하루하루 꿈결 같은 발걸음을 멈추지 않았어요. 지금 단단은 평양의 햇살을 받으며 환하게 웃고 있어요. 이크크 저길 보세요. 그가 느닷없이 운동장을 내달립니다. 햇살 응원단이 메아리처럼 곧장 그에게 따라 붙는군요.

"단단 만세. 힘내라 단단, 화이팅!"

해 시인의 등장으로 〈홍익인간 다살림 운동〉이 힘차게 출발했어요. 특히 2031년은 남북 상호 교류의 본격적인 첫 출발점이 되었지 않겠어요? 북쪽에 식량 전량 지원이라는 남쪽 단체의 통 큰 결단이 촉매제 역할을 했던 거죠. 북쪽에

비해 50배 정도 엄청 부자 나라인 남쪽이 각종 기부와 지원을 북쪽에 베풂으로써 한반도에 봄바람이 살랑살랑 일기 시작했는데요. 2030년대 중반은 부쩍 가까워진 남과 북이 텔레비전을 같이 보고 라디오를 같이 듣고 노래자랑 대회를 같이 열고 영화를 공동 제작하고 연극 무대 위에서 배우들이 얼굴을 마주하기 시작했어요. 학교에서는 남북 교과서를 공동으로 돌려보고 학교를 상호 방문하였으며 출판계에서는 책의 출간과 비평이 상호간에 무척이나 자유로웠다고 하데요.

〈다살림 운동〉 덕분에 남과 북은 여름철 빗방울처럼 곧장 다정하고 활발해졌어요. 시간이 지나면서 남북 교류가 큰물이 되어 기존의 분단 물길을 훌쩍 뛰어넘었겠지요? '우리는 단군의 자손'이라는 왼손과 '우리의 소원은 통일'이라는 오른손이 다정히 손을 맞잡은 형국이라고 할까요? 평화 통일의 벅찬 기운이 한반도의 방방곡곡에서 무궁화 꽃과 함께 매일을 소담스레 피어났다지 않겠어요?

10년의 세월이 이렁성저렁성 지나가는데요. 어느덧 2040년대가 되었어요. 남과 북은 벌써 한 나라인 양 어깨를 나란히 하며 경제 통일, 문화 통일 쪽으로 성큼성큼 발걸음

통일소년 단단

을 빠르게 재촉했는데요. 화폐 제도를 개혁하여 남북이 같은 돈을 사용하기로 전격 결정했다죠? 이로써 더욱 거리낌 없이 상대 지역을 넘나들게 되고 말았거든요. 남북 교류가 활발한 가운데 2045년이 되자 화해 분위기가 완전히 농익었어요. 봉선화마냥 톡 하고 건드리면 툭 하고 터질 것처럼 무르익었어요. 남과 북이 통일 선언을 공동으로 할 수 있는 지경까지 자연스레 도달했었는데요.

청년 실업 문제는 벌써 십 수 년 전에 자동으로 해결되었어요. 왜냐하면 2030년대 이후 남과 북을 합치니 새로운 일자리가 밤하늘의 별처럼 무수히 생겨났지 뭐예요. 게다가 유라시아 무대가 우리나라 경제 활동의 주요 영토가 되었으니 더 말할 필요가 없어요. 오래 막혔던 핏줄이 한 번 시원하게 터지니 한민족 단일 국가라는 새 생명이 파릇하게 물이 올랐어요. 아아, 보세요. 여기 사진을 눈여겨보세요. 햇빛 속에서 흐드러지게 피어나는 눈부신 무궁화 꽃을 보세요. 한반도 지형을 살펴보세요. 꽃 숲의 숨 막힌 장관을 보세요. 고금 없이 한반도인에게 무궁화는 다함없는 나라 사랑이에요. 아아 보세요. 삼천리 화려강산에 무궁화가 활짝 피었어요. 고난의 징검다리를 남북이 함께 한마음으로 냉큼 건넜어요.

배달겨레의 눈빛이 아침마다 무궁화 꽃으로 총명하게 피어나고 있어요.

통일 기차가 어느덧 2050년에 도착했어요. 21세기가 딱 절반을 지났네요. 좋은 시절입니다. 한겨레 동시대인은 마냥 행복해요. 통일 세상을 살아가니까 그렇지요. 21세기에 들어 후반 50년은 통일 조국 대동국의 세상입니다. 다살림 운동의 맹렬한 기세에 세계가 요동치고 있어요. 세계 문화가 빠른 속도로 한류 풍으로 물들어가요. 한류 풍의 밑심은 남북이 평화롭게 통일 국가를 이루었다는 사실, 정녕코 그것이에요. 통일 국가의 자긍심이 한민족 특유의 도전 의욕과 창조 에너지를 소쿠라지게 하고 있는 게 지금 느껴지나요?

무궁화 삼천리에 새 길이 열렸구나
기차야 달려가자 세계로 뻗어가자
두 마음 얼싸안고서 새 나라를 만들자

개나리가 길가에서 노란 깃발을 흔들고 있어요. 봄볕이 종종종 발걸음을 재촉하네요. 오늘은 단단이 평양중학교에 전학을 가는 날이에요. 아버지가 평양의 학교로 전근을 했거든요. 그래, 안동에서 평양으로 온 가족이 몽땅 이사를 왔어요. 여기서도 단단은 아파트 생활을 해요. 17층짜리 아파트에서 11층이 단단의 보금자리예요. 사실 아버지는 통일 이전부터 입버릇처럼 말씀했는데요. 북쪽으로 갈 수 있다면 그곳에서 교편생활을 마저 끝내고 싶다고 말이에요. 소원대로 아버지는 지금 평양 고등학교의 국어 선생님으로 근무해요. 단단은 지금 많이 행복합니다. 정작은 자신도 이곳에서 살고 싶어 했거든요. 지난 해 축구 대회 때문에 단단이 평양에 며칠 머물렀던 적이 있었잖아요. 그때 단단은 깨끗하고 해밝은 이 도시가 무척이나 마음에 들었던 거예요. 불감청 고소원이라고. 후훗, 단단이 미소를 짓네요. 깊은 소망을 알뜰하게 이루었어요.

단단이 집을 나섰어요. 평양 중학교로 가요. 전학 첫날입니다. 휘파람을 불며 가요. 기분이 좋은가 봐요. 학교에 도착했어요. 용감하게도 단단은 혼자 왔어요. 부모님 없이 혼자 전학을 왔어요. 하기야 아버지 어머니는 각각의 학교로 출

근하셨겠죠? 단단은 교무실에 들러 선생님을 따라 나섰어
요. 남자 선생님이에요. 북쪽 학교에는 여전히 남자 선생님
이 많은가 봐요. 남쪽에는 여선생님 숫자가 훨씬 더 많은데
말이에요. 긴 복도를 한참 걸어갔어요. 창문으로 설핏 아이
들이 공부하는 게 보여요. 남쪽의 학교와 별반 차이가 없어
요. 뭐 그렇겠죠. 공부하는 일에 무어 별난 게 있을까요.


"드르륵"


선생님이 교실 미닫이문을 열었어요. 출입문 위에 '2−
13'이라고 적혀 있네요. 2학년 13반 교실인가 봐요. 선생님
이 들어서자 학생들이 일제히 일어서요. 어라랏, 여기는 스
승 공경의 전통이 살아 있네요. 교실의 공손한 분위기에서
어떤 범접 못할 기운이 풍겨요. 뒤따르던 단단은 깜짝 놀랐
어요. 평화로운 위압감이라고 할까요? 왜냐하면 남쪽 학교
에서는 교실 분위기가 이렇지 않거든요. 거기는 이쯤에 웅
성웅성 자유롭고 어수산란하고 그래요. 그런데 이곳 평양은
사제 간의 예절이 갓 돋아난 봄풀처럼 파랗게 살아 있어요.
감동의 물결이 교실 깊은 안쪽에서부터 단단의 가슴께로 찰

랑찰랑 밀려와요. 선생님의 앉으라는 손짓에 아이들이 소리 높여 인사를 해요.

"선생님, 사랑합니다."

명랑한 인사말이 교실 가득히 풋사과 향기처럼 퍼져가요. 사랑합니다.—하하하 인사말이 참 좋은데요.

단단의 얼굴이 발그레해요. 볼우물에 긴장과 흥분이 얕은 샘물처럼 고여 있어요. 얼굴에 비해 유난스레 긴 턱을 지닌 담임교사가 교탁 앞을 완전히 점령했어요. 나중에 알고 보니 김택남이라는 본명 대신에 아이들이 짓궂게 '긴턱남'이라는 별명을 붙여주었대요. 이건 뭐 남쪽과 같군요. 그럼 그렇지, 아이들이 남이나 북이나 뭐가 다르겠어요. 긴턱남 선생이 기립한 학생들에게 앉으라는 손짓을 해요. 그에게 잡혀 있던 단단의 한쪽 손도 그제야 자유롭게 풀려났어요. 아이들은 자동인형처럼 자리에 앉습니다. 일사불란한 게 마치 개미떼 같고 기계 같아요. 단단은 무척 놀랐어요. 아니 놀라움이 아니라 감동이라는 표현이 맞겠군요. 이곳 평양 학생들의 몸가짐과 됨됨이와 교실 분위기가 고향 안동과는 사뭇 달라요.

단은 이전의 학교에서 와자지껄하던 분위기에 익숙해서
일까요, 지금 이 상황이 약간 당황스러운 거예요. 이곳은 생
뚱맞은 별세계 같아요. 그런데 자세히 보니 학생들의 일거
수일두족에 주의 집중력이 담뿍 들어가 있네요. 단단의 감
정이 요동칠 수밖에 없겠죠?

'내 또래들의 일상에서 감동의 물결을 만나게 되다니 놀
라운 일이야.'

뜸을 들이던 김택남 교사가 단단을 교탁 가운데로 불러
요. 손짓을 해요. 전학 인사를 시키려나 봐요. 단단은 책가방
을 슬그니 벗어 교탁 모서리에 기대놓았어요. 그리고는 학
생들 앞에 조심스레 섰어요.

"안녕. 반가워. 나는 멀리 경상북도 안동에서 왔어. 태어
나서 줄곧 그곳에서 살았기 때문에 다른 곳은 잘 몰라. 물론
이쪽 평양은 더더구나 잘 몰라. 그래도 이곳에 오니까 참 좋
네. 자연 학교 같은 분위기야. 교문을 들어설 때 마치 숲속으

로 들어서는 것 같았거든. 너희들은 참 좋겠다. 학교가 경치도 좋고 공기가 맑고 깨끗해서 말이야. 이곳의 학교 분위기는 내가 있던 곳과는 많이 달라. 그래서 더 신기하고 설레고 흥분되고 그래. 아무튼 이렇게 좋은 곳에서 같이 공부하게 되어 반가워.

내 소개가 늦어졌네. 미안. 나는 단단이라고 해. 성이 단이고 이름이 단이야. 단단, 대개 그렇겠지만 나는 내 이름이 참 좋아. 이름이 재미있고 느낌이 좋잖아. 단단하게 살라고 단단, 사내답게 살라고 단단, 그리고 우리 한겨레의 시조 한아비 단군님을 잊지 말라고 단단. 이런 여러 뜻이 내 이름자에 들어 있어. 우리 아버지가 지어주신 이름이지. 그런데 사실은 내가 이름처럼 단단한 놈은 못 돼. 무르고 약해. 유독 여자한테는 더 그래. 특히 우리 엄마한테 내가 꼼짝을 못해. 엄마는 무서워. 반대로 아버지는 안 무섭지. 나와 친구처럼 잘 지내. 우리 집 분위기를 이만하면 알겠지?

끝으로 나의 특기는 '축구 강슛'이야. 축구를 좋아하고 나름 잘해. 사실 작년 가을에 내가 평양 경기장에 왔다간 적이 있어. 남북 중학생 축구대회 때 남쪽 대표 선수로 왔었지. 내가 축구를 좀 하거든. 하하하 나도 모르게 내 자랑을 했네.

미안 미안. 다른 건 차차 알게 되겠지? 오늘은 여기까지 나를 소개할게. 모두 모두 끝까지 잘 들어줘서 고마워. 다시 한번 말할게. 단단. 내 이름은 단단이야. 앞으로 잘 부탁해."

　박수가 폭포수처럼 쏟아져요. 평양중학교 2학년 13반. 단의 출석 번호는 22번. 그의 새로운 인생 번호예요. 무수한 눈빛이 호기심으로 중무장을 했군요. 단단의 동그란 눈동자 속으로 눈빛들이 빠르게 뛰어들어요. 여울을 건너는 피라미 마냥 한 곳으로 눈길이 쏠려요. 낱낱의 유난한 우주가 거푸 단단의 눈 속에서 영고성쇠를 빠르게 되풀이하네요.

　박수가 한참을 쏟아져요. 호기심들이 요동쳐요. 카메라 불빛 같은 42개의 눈빛이 세차게 달려와요. 단단의 속내를 꿰뚫고 말겠다는 기세예요. 얼핏 보아 이 반에는 남쪽에서 전학 온 아이가 한 명도 없는 듯해요. 단단에게 몰리는 관심과 주의력이 이토록 왕성한 걸 보면요. 환영과 호기심의 열기 때문에 교실이 고스란히 태양 속에 들어앉은 것 같아요. 밝고 뜨거워요. 그 와중에 단단이 곁눈질로 교실을 빠르게 훑어보고 있어요. 왜냐하면 빈 곳이 전입생 자리가 될 테니까요.

어럽쇼, 교실 뒤쪽에 한 자리가 비어 있어요. 아까부터 그쪽에서 뜨거운 시선이 느껴지기도 했어요. 여자 아이가 단단에게 눈웃음을 한 번씩 보냈어요. 그런데 그 웃음이 묘한 느낌을 던져주었어요. 마치 단단이 평양으로 전학 와서 자기와 만나게 되리란 걸 미리 알고 있었다는 표정 같거든요. 단단이 긴턱남 선생의 눈치를 흘깃 봐요. '저 곳이 내 자리가 맞나요?' 하는 눈빛 물음이지요.

단단과 그 아이는 짧은 틈에 눈길이 몇 번 더 마주쳤어요. 서슬에 단단은 몇 차례나 아찔해졌어요. 그 아이가 누군가를 닮은 거예요. 빼박은 듯 누구랑 똑같아요. 사실 아까 첫 대면에도 왠지 낯설지가 않았거든요. 걔를 어제도 보고 그제도 본 것 같았던 말이에요.

단단은 고개를 갸우뚱거렸어요.


'저 아이를 어디서 봤더라?'
'누구지? 정말 많이 닮았는데.'


옛 추억들이 구름 봉우리처럼 하나둘 솟구쳐 올라요. 아이런, 생각났어요. 영영을 닮았네요. 저 소녀가 영영을 닮았

어요. 꿈속에서 자주 보던 영영. 전생의 짝꿍 영영. 소녀가
영영을 퍽이나 닮은 거예요.

'아아, 여기서 영을 만나다니. 믿을 수가 없어.'

단단이 자기소개를 끝냈어요. 가방을 챙겼어요. 뒤편 빈
자리 쪽으로 가요. 영영이 단단에게 손을 내밀어요. 새로 온
짝을 반갑게 맞이해요.

소녀의 옆 자리가 금세 환한 미소로 채워졌어요. 소녀가
스스럼없이 말을 붙여 오는군요.

"얘, 너 말을 참 재미나게 하더구나."
"전학 인사 잘 들었어."
"반가워, 나는 영영이라고 해."

'뭐라고?' '영영?'
'이건 도대체 뭐지? 정말로 그 영영이란 말인가?'

통일소년 단단

단단은 깜짝 놀랐어요. 하마터면 비명이 튀어나올 뻔했어요. 그녀 이름은 영영.

'아니 어떻게 이럴 수가!'

왜냐하면 단단은 영영을 잘 알아요. 예전에 시조 공부를 하면서 영영 이야기를 자주 들었거든요. 해마루 사부가 들려준 시조 나라 이야기에는 단단과 영영의 전생이 생생하게 살아 있었어요.

1교시 수업이 시작되었어요. 영영은 수업 장면에 곧장 빠져들어요. 단단의 귓전에는 해마루 사부의 구수한 말소리가 활갯짓해요. 아아, 맨 처음 그때처럼 시조 나라 이야기가 단단의 가슴 속으로 콸콸콸 쏟아져 들어와요. 단단은 꿈속처럼 이야기 바다를 아득히 헤엄치기 시작했어요.

\*　　\*　　\*

옛날 꽃 나라에
혼자 사는 총각이 있었어.

이름은 단단이야.

학교 선생님이지.

하루는 쉬는 시간에 한숨을 쉬며 중얼거렸어.

"나중에 누구와 같이 살꼬?"

그리자 어디서 내답하는 소리가 나.

"나랑 같이 살지."


총각 선생님이 얼른 소리 나는 데로 가 보았지.

그랬더니 사람은 없고 단소가 하나 있어.

곁에 구름무늬가 알록달록 그려져 있는 거야.

색깔은 빨강 파랑 노랑인데

삼색이 참 조화롭고 예뻐.

이상하다 생각하면서도 느낌이 좋았어.

총각은 단소를 들고 집에 가

책상 머리맡에 잘 놓아두었지.


다음날 단단이 학교를 마치고

집에 돌아와 보니

글쎄 밥상이 한 상 차려져 있어.

소박하고 알뜰해.

이상하다 생각하면서도

배가 고프던 참이라 잘 먹었지.

그런데 다음날 저녁에도 밥상이 차려져 있고

그 다음 날 저녁때도

밥상이 또 차려져 있는 거야.

'거참, 누가 밥을 차려 놓나?'


며칠이 지난 후

단단은 학교를 일찍 마치고 돌아왔어.

소풍을 갔다 온 거야.

벼르던 일을 해 보려

모임 자리를 빨리 끝내고 온 거야.

누가 밥상을 차리는지 궁금했던 거지.

오늘은 베란다에 숨어서 몰래 지켜보기로 했어.

저녁때쯤 되자

단소를 올려둔 책상 한 귀에서

꽃구름이 몽글몽글 피어오르는 거야.

그러더니 난데없이

예쁜 아가씨가 '퐁'하고 나타났어.


단단은 눈이 휘둥그레졌지.

숨이 턱 막혔어.

깜짝 놀라서도 그렇고

아가씨가 예뻐서 더 그랬어.

단단의 가슴이 콩닥콩닥

사정없이 뛰어.

그러거나 말거나

아가씨는 또각또각

부엌 쪽으로 가데.

그러더니 마술을 하듯이

금세 저녁밥을 한상 차리는 거야.

참 솜씨도 좋지.

그리고는 책상 쪽으로 다시 가려는 거야.


'아 안 돼. 가면 안 돼.'

단단이 무서운 힘으로 뛰어갔어.

그녀의 손목을 덥석 잡았지.


통일소년 단단

깜짝 놀라는 그녀.

단단도 자기 행동에 놀랐어.

둘의 얼굴이 동시에 붉어졌지.

단단이 입을 열었어.

"아가씨는 도대체 누구요?"

"……"

"당신은 누구신데 이런 곳에서 산단 말이오? 그리고 내게 밥을 해주는 이유가 무엇이오?"

"……"

"그대처럼 예쁜 아가씨가 어찌 단소에서 산단 말이오?"

"……"

영영이 잡힌 손을 가만히 뿌리쳐.

단단은 그제야 손목에서 황급히 손을 뗐어.

"저는 하늘나라에서 왔어요."

아가씨가 드디어 말문을 텄어.

이름은 영영.

하늘나라 공주야.

지금은 단소가 그녀 집이래.

요괴를 피해 숨어 살고 있다고 해.

어느 샌가 단단은 공주의 예쁜 입술만 바라보는 거야.

공주의 이야기 속에 푹 빠져버렸어.

하늘에 흑마왕이라는 요괴가 있는데,

재주가 많고 포악해서

히느님도 이 요괴를 감당 못한대.

그런데 어느 날 흑마왕이

단소 공주를 자기 색시로 달라고 했어.

하느님은 아주 큰 고민에 빠졌지.

공주는 시집 안 간다고 울고불고 야단이야.

혼례식을 하루 앞두고 진짜 큰일이 벌어졌어.

하느님이 글쎄 공주를 단소에 숨겨

지상으로 몰래 내려 보낸 거야.

그래서 지금 그녀가 단단의 집에 왔다는 거지.

이야기를 다 듣자

단단의 가슴 한쪽에 불꽃이 번쩍 일었어.


잠깐 뜸을 들이더니

단소 공주가 또 이런 얘기를 했어.

지상에서 자기가 해주는 밥을 먹으면

누구라도 마법의 능력이 생긴다나?

하늘 무기를 마음대로 부려 쓸 수 있다 했어.

하늘 무기는 종류가 아주 많아.

그 중에 시조라는 게 있는데

오직 이것으로 흑마왕 요괴를 물리칠 수 있대.

단단의 눈이 또 한 번 반짝 빛났어.

왜냐하면

공주가 매번 차려준 그 밥상이

다름 아니라 시조 밥상이었다는 거지.


그래 단소 공주를 알고부터

단단은 한시도 그녀와 떨어지려고 안 해.

노상 영영만 쫓아다녀.

부엌에 가도 졸랑졸랑

시장에 가도 졸랑졸랑

산에 가도 졸랑졸랑

도서관에 가도 졸랑졸랑

단단은 영영을 따라다녀.

영영이 보다 못해 사진을 주고 말했어.

"책상 머리맡에 붙여 공부하면서 보세요."

단단은 좋아라하며
싱글벙글 더욱 열심히
시조를 공부하는 거야.
영의 얼굴 한 번 보고 시조 공부 한 번 하고
영의 사진 한 번 보고 시조 한 수 읊어보고


이 몸이 죽어죽어 일백 번 고쳐죽어
백골이 진토 되어 넋이라도 있고 없고
임 향한 일편단심이야 가실 줄이 있으랴


단소 공주는 매일 매일
시조 밥을 정성껏 챙겨주었지.
시간은 시냇물처럼 흘러갔어.
단단의 시조 실력이 놀랄 만큼 늘었겠지?
무엇이든지

통일소년 단단

보는 대로
듣는 대로
느끼는 대로
시조가 되어 척척 나오는 거야.


비닐과 플라스틱, 유리 옆 스티로폼
나란히 키를 재며 베란다에 옹기종기
몸짓은 작고 작아도 지구 사랑 예뻐라


그러던 어느 날이야.
둘은 저녁 장을 보러 시장에 갔어.
이것저것 사 들고
단과 영이 집으로 돌아오는 길이야.
갑자기 돌개바람이 불어.
'웬일이지' 하는데
시커먼 바람뭉치가 나타나더니
영을 잽싸게 낚아채는 거야.

"어 어 어"

단은 어쩔 줄 몰라 하며

발만 동동 굴렀지.

영은 자꾸자꾸 날아가

하늘 위에 있는

요괴 흑마왕 앞에 떨어졌어.

시커먼 돌개바람이

흑마왕이 보낸 군사였던 거지.


요괴 흑마왕이 보니까

자기가 찾던 하느님 외동딸이 맞거든

그래 좋아서 입이 귀에 걸렸지.

"크르릉 카르릉"

짐승 소리를 내며 좋아해.

어서어서 단소 공주와

혼례 치를 준비를 하라고

신하들에게 소리쳤지.

"온 나라에 방을 붙이고 혼례식 날을 국경일로 선포
하라."

영영이 하늘에 잡혀간 후에
단단은 시조 공부에 더욱 매달렸어.
밥도 꼬박 잘 챙겨먹었어.
왜냐하면 이런 날이 올 줄 알고
영영이 시조 밥을 푸짐히 해 놓았거든.
하루도 거르지 않고 시조 밥을 먹으며
단단은 시인이 되어갔어.
그렇지만 영영을 생각하면
단단의 가슴은 줄곧 쓰라렸어.
하늘나라에선 영이 노상 울고 있었지.
'기다려. 미안해. 내가 곧 데리러 갈게.'
영을 잃고 단은
절벽에서 떨어진 꽃잎이 되었어.
단을 잃고 영은
절벽에서 떨어진 꽃잎이 되었어.

단단이 시조 밥을 다 먹었어.

첫날부터 쳐서 꼭 100일이 되었지.

드디어 영을 찾아 떠날 때가 된 거야.

요괴 흑마왕은 그런데 지금 땅 나라에 있어.

하늘은 더 이상 재미없다며 지상에 진작 내려왔대.

단단이 씩씩하게 공주를 찾아 길을 나섰어.

한참을 갔어.

눈앞에 휘황찬란한 궁궐이 보이네.

단단은 '저기구나' 하고 짐작했어.


가까이 가니 사람들이 줄을 길게 섰어.

물어보니까 자신들은 시인이라는 거야.

흑마왕이 하느님의 외동딸을 빼앗아 왕비로 들였는데,

왕비가 오늘 시인들을 위해 잔치를 열어달라고 했다는

거야.

그런 후에야 진짜로 흑마왕의 색시가 되겠다고 하더래.

단단은 싱긋 웃으며

시인들의 행렬에 얼른 붙었어.

누구든지 시와 노래로 왕비를 웃게 하면

흑마왕이 그의 소원을 들어준다는 말이 어디서 들려와.

'참 좋지 좋아.'

단단은 의미심장한 미소를 지었어.

단단의 가슴속은 지금 오죽할까.

오직 이날을 위해 시조 공부를 했으니까 말이야.


단단이 대궐 안으로 막 들어갔어.

마당에는 잔칫상이 즐비하고

약간 멀리 높은 곳에는

영영이 흑마왕 옆에 앉아 있어.

단소 공주를 막상 보자

단단은 좋아서 어쩔 줄을 몰라.


'그래도 어쩌겠어. 참아야지.

시간이 필요한 거지.'


긴 줄이 점점 짧아지더니

단단의 차례가 왔어.

단단은 시조 보따리를 풀었지.

향기로운 시조 노래가

사람들의 넋을 삽시간에 사로잡았어.

3분쯤 지났을까

갑작스레 고함 소리가 났어.

사람들의 눈길이 한 곳으로 몰렸지.


"왕비님이 웃는다."


모두가 왕비를 보았어.

왕비가 활짝 웃고 있어.

사람들은 탄성을 질렀어.

왜냐하면 왕비가 웃었거든.

왕비는 황금 궁전에 와서 단 한 번도 웃은 적이 없대.

그런데 웃음꽃이 지금 활짝 핀 거야.

시조 노래를 듣고서 영영이 꽃처럼 웃고 있어.


왕비가 웃으니 좀 좋아.

왕이 또 그렇게 좋아할 수가 없어.

왕은 단단에게 소원을 냉큼 말하라 했어.

단소를 불고 싶다고 그랬지.

왕은 쾌히 그러라고 했어.

단은 허리춤에서 단소를 꺼냈지.

뒤따라 영롱한 노래가

삼색 구름을 타고 흘러나오는 거야.

사람들 모두가 행복 구름을 타고 놀아.

시조 가락은 햇빛 속에서 우쭐우쭐 춤을 추고

영영은 웃음기를 얼굴 가득히 머금었어.

그런데 말이야

흑마왕은 단단이 하는 게 재미있어 보였나 봐.

요괴가 자기도 한번 해보고 싶었겠지?

흑마왕이 불쑥 단에게 말했어.


"너, 나랑 자리 바꾸자."


왕비가 웃어. 자꾸 웃어.

웃는 꽃이 되었어.

요괴 흑마왕은

단단과 자리를 바꾸고서

마당으로 쓱 내려갔어.

거기서 덩실덩실 춤을 춰.

왕은 자꾸 신이 나나 봐.

왕비가 활짝 웃어주니 신나는 거지.

자기가 잘해서 그런 줄 알고 흑마왕은 더욱 신이 나.

그런데 말이지 영영이 지금 웃는 게

사실은 단단 때문인 줄은 꿈에도 모르겠지.

아까부터 왕 자리가 비어 있어.

요괴는 여전히 춤을 추고 있지.

슬그머니 단단이 빈자리에 앉았어.

영과 단은 눈웃음을 나누어.

한참을 그러고 있었지.

그러다가 영이 눈을 찡긋하면서 이러는 거야.

"시조는 100일 동안 뭣 하러 배웠어요?"

이 말에 단단이 눈치를 챘어.

단소를 다시 꺼내 들었지.

시조를 불러내는 거야.


'피슈~우우웅'

이번에는 한시조야.

한 줄짜리 시조가 화살처럼 날아갔어.

단소 끝에서 삼색 구름이 피어나.

춤추던 흑백 왕이 풀썩 주저앉네.

시조 화살을 맞고 쓰러졌지.

하늘의 빛살(햇살)을 받고 쓰러진 거야.

부신 빛이 눈앞에서 잇따라 슈슉슉 지나갔어.

잠시 후 흑마왕 있던 곳에서

무엇이 꿈틀꿈틀해.

이럴 수가! 큰 쥐가 있어.

커다란 쥐 한 마리가 있어.

다들 깜짝 놀랐지.

요괴 왕의 정체는 놀랍게도 쥐였어.


꿈틀거리던

쥐의 움직임이 멈추었어.

죽었을까?

무수한 빛살(햇살)에 박혀

쥐가 고슴도치가 되어 죽었어.

천벌을 받은 거야.

한시조가 그랬어.

하느님이 그랬지.


단단이 사리에서 벌떡 일어났어.

영영도 따라 일어났지.


"이 땅에 시조 나라를 열겠노라."


사람들은 모두 하나가 되었어.

귀를 열고 눈길을 모았지.

우렁찬 만세 소리가 뒤를 따랐어.


"만세! 시조 나라 만세!"


단단과 영영은 혼례를 치렀어.

시조 나라의 왕과 왕비가 되었지.

하하하 지구상에 시조가 이렇게 해서 탄생했어.

그런데 알고 보면 시조 나라가 바로 꽃 나라거든.

*    *    *

핫, 이런! 그런데 이곳 평양에서 영영을 만나다니요. 지금 이 순간 전생과 현생이 간격 없이 붙었네요. 이것은 느닷없이 치르는 시험 같아요. 단단이 길을 잃었어요. 혼란에 빠졌어요. 그러나 영영은 무심해요. 별스런 낌새가 없어요. 그녀는 아까와는 달리 단단을 처음 만난 듯한 몸짓을 보여요. 후후훗, 여자의 내숭이 저런 걸까요? 전생을 외면한 채 그녀는 새로운 수업 풍경 속으로 순식간에 스며들었어요. 곁엣사람이야 본체만체해요. 전생의 배우자를 몰라 봐요. 숫제 투명 인간으로 취급해요. 어쨌든 영영의 수업 집중도가 놀랍군요. 그래 단단은 저 혼자 귀신에 홀린 듯한 정신머리로 오전 시간을 멍하니 보내고 말았죠.

"딩도로댕 딩도로댕 딩도르딩도르"

수업이 끝났어요. 4교시 마침 종이 울려요. 여러 표정의 아이들 얼굴에서 일시에 웃음꽃이 피어나네요. 교실과 특별실에서 아이들이 행복한 몸짓으로 쏟아져 나와요. 좋기도 하겠죠. 밥 먹는 즐거움이 없다면 전국의 모든 학교가 진작 폐교가 되었을 거예요. 복도가 떠들썩한 게 마치 산사태가 일어난 듯해요. 아아 그게 아니에요. 높직한 모래더미가 흐너지듯 모래알 같은 아이들이 복도로 한꺼번에 쏟아집니다. 단단도 영영을 따라 교실 문을 나섰어요. 시간의 발걸음을 좇아 교내 곳곳에 붕괴의 폭발음이 한껏 요란해요. 여학생의 재잘대는 소리와 종종치는 발걸음이 잔치의 분위기를 돋우며 흥겨움을 더해요.

점심시간을 알리는 방송 음악이 아침 시간 어머니의 도마 소리처럼 경쾌하군요. 긴 복도에는 식사의 즐거움이 파도를 일으키며 학교생활의 참맛을 후끈 달구고 있어요. 아이들의 먹성 좋은 움직임에 교정 곳곳이 넘치는 활력으로 용틀임을 해요. 설왕설래 대거리 한마당에 여러 추억들이 뾰족이 고개를 내미는 듯해요. 아아 일상의 달콤함이여. 저기를 보세요. 눈앞에서 어룽대던 햇살이 단단의 입술 사이로 설탕물처럼 스며들고 있네요. 그래요, 부신 햇살로 초다

통일소년 단단

짐을 하고서야 점심밥이 더 한층 맛있을 테죠.

교내 식당이 꿀꺽 단단을 삼켰어요. 밥 냄새, 반찬 냄새, 땀 냄새가 비빔밥이 되어 수굿하게 반겨주네요. 학교생활의 참맛이 이런 게 아닐까요? 단단이 차례걸음으로 식판 앞에 섰어요. 싱긋 영영에게 미소를 보내요. 고맙다는 인사겠죠? 앞에서 잘 이끌어준 답례예요. 전학 첫날인데도 단은 편안해 보여요. 낯설고 물 설은 평양 땅에 와서 전생의 짝을 만나다니요. 그런데 영영은 이걸 모르는 듯해요. 아니, 짐짓 모르는 척 하고 있는지도 모르죠. 나중에 영영이 깜짝 놀라면 어쩌지요? 지금 알려주면 좋으련만, 서로에게 그럴 기미가 전혀 안 보이는군요. 어쨌든 단단은 지금 하늘을 날 만큼 기분이 좋아요. 마음이 흐뭇하고 공연히 신이 나요.

'오늘 마주친 이 새로운 세상을 나는 긍정의 품안에 덥석 받아 안으리라.'

단단은 이런 주문을 가슴 깊이 새기며 영영과 식탁에 마주앉았어요. 몸 안쪽에서 물안개처럼 김이 자꾸 피어올라요. 아 이런, 미역국이에요. 경치 좋은 곳으로 단단은 영과 함께 데이트 나온 듯해요. 그런 기분이 들었어요. 젓가락 끝에 매달린 콩나물 무침에서 참기름 내가 고소하게 번져요. 냠냠 맛있는 소리들이 사방에서 몰려들어 단단의 코끝을 무단히 간질입니다.

"애, 안동에도 학교에 급식소가 있니?"

영영이 첫 술을 뜨기 전에 마주 앉은 단단에게 물어요. 단단은 더불어 밥 먹을 값으로 씩씩하게 대답해요.

"그럼 있다마다. 아니면 애들이 무얼 먹고 살아?"

"밥은 무상 급식이니?"

"그럼, 무상 급식이잖고!"

단단은 퍼뜩 안동의 추억을 떠올렸어요. 남북이 통일된 그 이듬해부터 학교 공부가 단박에 무상이 되었어요. 단단이 초등학교 3학년 때니까 그게 2046년이군요. 남쪽이나 북쪽 가릴 것 없이 유아 교육부터 대학교육까지 무상으로 교육을 받을 수 있게 되었어요. 왜냐하면 남북의 국방 예산이 통일 이전보다 무려 100배 이상이 줄었기 때문이에요. 군대는 젊은이들이 무조건 입대하는 게 아니라 모병제를 통해 미국처럼 직업군인 체제로 차츰 바뀌어간댔어요. 그러니까 통일 조국의 나라 예산이 자연스레 복지와 교육에 온통 집중될 수밖에요.

통일 1세대들은 기꺼이 높은 세금을 감당했어요. 물론 지난 10년 동안 남북이 각자 모은 통일 준비 기금이 좀 있었지만, 이걸로 막상 통일 국가 경영을 해보려니 많이 부족했어요. 통일 이전에 거두어들인 통일세는 실제의 용도나 가치보다 차라리 상징적인 의미가 더 컸던 게지요.

이 부분에서 참 웃기는 얘기를 하나 전할게요. 예전에 반통일 세력으로 이름난 남쪽의 재벌 신문사가 있었거든요. 그곳서 통일 기금을 마련한다고 '통일과 상생'이라는 이름으로 몇 년 동안 낑낑댄 적이 있어요. 이게 한 30년 전 쯤의 이야기에요. 여러 이유로 이곳에 돈이 많이 모여들었겠죠? 그런데 한참 후에 알고 보니 주최 측에서 그 돈을 통일을 방해하는 일에 펑펑 쓰고, 게다가 기금을 빼먹고 돌려 먹고 해서 시민들의 공분을 엄청나게 산 적이 있어요. 남북 화해 분위기를 죽기보다 싫어하고 북쪽 상대편을 벌레처럼 혐오하는 세력이 통일 기금을 모으다니요? 처음부터 이것은 자기들 세력을 과시해서 폼 재고 권력 챙기고 돈 빼 먹으려는 수작이었지 뭐예요. 이후에 그 신문사는 시민들의 외면과 냉대로 시난고난하더니 급기야 공중분해가 되었어요. 2030년대 이후 남과 북이 화해의 급물살을 타면서부터 반통일 세력들은 몇 년 지나지 않아 폭삭 망하고 말았던 거지요. 이것은 현대판 권선징악의 가장 좋은 본보기 사례예요. 친일 독재파와 민족 화해 반대 세력이 모처럼 역사의 심판을 오달지게 받은 격이라고나 할까요? 단단은 역사책을 읽으면서 이 부분에서 아주 큰 통쾌감을 맛보았다고 하더군요.

남과 북이 한 가족 부부임에도 흑백 이분법 생각 때문에 분단 가족이 되어 떨어져 산 세월이 무려 백 년입니다. 그래서 한반도 통일 국가의 중요한 정책들은 반드시 남북 공동으로 국민투표를 거쳐 확정하도록 했어요. 그러니만큼 사람들은 더 한결 주인 정신을 가지고 매사에 적극 참여할 수밖에요. 과중한 통일세 때문에 힘은 많이 들었어도 나라 전체의 행복지수와 문화지수는 통일 이전보다 열 곱 이상 높아졌어요. 다른 누구의 지시나 압력이 아니라 내가 주도하고 내가 만들어가는 세상이 내 손안에 있다니, 이 정도 세상살이라면 인생 자체가 기쁘고 흐뭇하고 아름답고 유쾌하지 않을 수 있나요? 그 기분과 어울림으로 대동 세상은 노상 봄 천지마냥 향기롭고 넉넉하고 아름다웠다는데요.

집집이 나라이며 사람이 곧 나라임을
푼푼이 세금 부려 대동 세상 만들고자
나랏돈 잘 쓰는 게 1등 선진 아닐까보냐

단단이 평양에 전학 온 지가 벌써 한 달이 다 되어가요. 단단은 새 생활에 빠르게 적응이 되었어요. 영영의 도움이 절대적이었겠죠? 단이 평양이라는 삶터에 뿌리 내리는데 영영이 오히려 조바심을 더 내요. 단단에게 많은 걸 가르쳐 주려고 안달복달해요. 그래 이번 주 토요일에 평양 시내를 함께 구경하기로 했어요. 물론 이 제안을 영영이 했을 테지요?

어디에 무엇이 있고 그곳에 가려면 지하철을 어떻게 타는지를 우선 알려주려는 거겠죠. 삶터의 사방팔방을 잘 알아야 새 생활에 빠르게 적응할 수 있지 않겠어요? 단단이 평양에 살게 된 이상 어차피 거칠 수밖에 없는 일이에요. 그러니 영영이 설치는 게 잘된 건지도 몰라요. 하하하 단 역시도 내심 이걸 반기는 눈치예요. 매사에 호기심 충만한 단단은 진작부터 평양을 속속들이 알고 싶어 했거든요.

약속한 토요일이 찾아왔어요. 하늘은 맑고 공기가 상쾌해요. 거리 곳곳에 사월의 향기가 물씬해요. 영영은 오늘 하루 길라잡이 겸 문화 해설사가 되기로 했어요. 단단의 평양 나들이를 수행하기로 한 거죠. 영영을 많이 믿는다 해도 오늘 같은 날에 단단이 아무 준비 없이 나오지는 않았겠지요. 단단은 셈속이 의외로 거미줄처럼 섬세하거든요.

영영을 깜짝 놀래줄 요량으로 평양에 대해서 단단이 요모조모 공부를 잔뜩 해 왔어요. 통일 4년 동안 평양에서 사회주의 사상이 도시의 먼지와 함께 빠른 속도로 말라가더라는 최신 뉴스까지도 챙겨들고 왔어요. 그런 만큼 단단이 오늘 만약에 새 정보를 접촉한다면, 그의 몸뚱이는 스펀지가 되어 평양의 새 문물을 여지없이 빨아들이겠지요. 그리

되면 단단은 스스로가 책 한 권을 수월하게 쓸 정도로 평양에 대한 공부를 많이 했다고 자부심을 갖게 되지 않을까 싶어요.

약속 장소는 평양중학교 정문이에요. 단단은 단소를 챙겨들고 집을 나섰어요. 머릿속에는 조금 전까지 정리한 평양의 문화와 역사 지식이 어지러이 맴돌고 있어요. 사월의 아침 햇살이 살짝 이마를 아프게 때려요. 단단은 차양 모자를 쓸까 하다가 그냥 나섰어요. 남자라는 체면이 그를 말렸죠. 게다가 빠듯한 약속 시간이 그를 그저 집 밖으로 내몰게 했어요. 그러나 단단은 곧 자신을 책망했어요. 폭포수 같은 봄 햇살 속을 한참 유영하고서야 깨달았어요. 이제 어쩔 수가 없어요. 단단은 입을 꼭 다문 채 약속 장소로 발걸음을 부지런히 옮길 뿐이에요.

발가니 단 얼굴로 그가 학교 앞에 도착했어요. 영영이 교문 앞에서 나비인 양 손짓을 해요. 그녀는 하얀 챙 모자에 산뜻한 원피스 차림이에요. 분홍빛 원피스가 잘 어울리는군요. 그녀 모습이 마치 진달래 묶음 같아요. 아침 햇살이 그다지 따갑지 않아서 다행이라 여기며 단단은 영영을 뒤따라가요. 둘의 발걸음은 나란히 지하철역을 향하고 있어요. 발걸음을 옮기며 단단은 눈을 들어 하늘을 우러러요. 합장을 하며 고개를 깊이 숙여요. 왜 저럴까요?

둘은 어느덧 나란히 걸어요. 손을 잡고 가요. 단은 생면부지의 평양 거리를 춤추듯이 걸어가요. 한 걸음씩 수놓듯이 밟아가요. 오가는 사람들의 표정이 사월의 싱그러운 바람을 머금고 있네요. 평양이라는 도시의 삶의 속살이 밝고 경쾌해요. 단단은 기분이 좋아졌어요. 어디선가 옛날 노래 '대동강 처녀'가 나직이 경음악으로 웅얼거리며 다가오고 있어요.

그런데 이게 웬일인가요? 단단의 평양 첫 나들이를 축하하려는지 한 떼의 사람들이 그의 뒤를 따르네요. 놀랄 일이군요. 단단이 유명 인사도 아니고 괴상한 인물도 아니고, 무슨 영웅도 아닌데 말입니다. 후훗, 사실은 단단이 다른 누군가를 뒤따라가고 있는 거예요. 하하하 우습군요. 복잡한 도시에서 우연히 같은 시간에 같이 만나 같은 방향으로 같이 가고 있을 뿐이에요. 하등 신기할 것도 없고 이상할 것도 없어요. 이런 건 도시에 너무나 흔한 일상 풍경이 아니던가요?

야릇한 게 하나 있기는 해요. 단단이 영영을 강하게 의식할 때마다 그 많은 사람들이 뒤에도 앞에도 죄다 사라진다

통일소년 단단

는 거예요. 아마도 단단과 영영 역시 다른 이에게 그렇게 비춰지겠죠? 어쨌든 둘은 바람난 나비 같아요. 봄바람에 실려가는 나비 같아요. 팔랑팔랑 활갯짓하며 둘은 평양 시내를 촘촘히 팔랑거리고 있어요.


　　단단은 영영 보고 영영은 단단 보고
　　한 나라 대동 세상 손잡고 걸어가네
　　이 길을 나란히 가면 복지국에 닿겠지


　　평양은 유경(柳京)으로 불려요. 버들 도시라는 뜻이지요. 옛날부터 시내 곳곳에 버드나무가 많아서 그래요. 이곳은 천년이나 된 고도임에도 도시 전체가 깨끗하고 넓고 게다가 밝아요. 보통의 경우와는 많이 달라요. 오래된 옛 도시는 통상적으로 비좁고 따분하고 무거운 느낌이 들기 마련이잖아요. 그런데 평양은 그렇지 않아요. 도시 전체가 널찍하고 시원하고 활달해요. 도심의 풍경 화폭 속에는 이목구비가 반듯한 헌헌장부의 기상이 있어요. 게다가 시가지 구도가 철저히 현대적이고 현재적이라서 세련미가 넘쳐요. 천년 세월의 더께를 이곳에서는 찾아보기가 어려워요. 무슨 까닭일까요? 아마도 최근의 전쟁과 관련이 있지 않겠어요. 그래요 똑똑하군요. 맞습니다. 1950년에 터진 남북 전쟁, 그러니까 6.25 선생 때문에 그런 거예요.

그래요. 전후의 평양은 무의 상태, 바로 그것이었다 하데요. 무차별 폭격으로 천년 유적의 유구한 시간과 멋스러운 공간이 통째로 사라져버린 거죠. 까닭에 서울도 그렇지만 전쟁 끝의 평양은 아무 것도 없는 무의 상태에서 철저히 계획적으로 건설되었을 수밖에요. 지금 지구상에 몇 안되는, 철저히 계획적으로 탄생한 현대 도시 중의 하나가 평양이라고 한다면 얼추 맞는 이야기가 될 테죠.

범나비가 오네요. 나풀나풀 춤을 쳐요. 그림이 살아 움직여요. 아니 아니에요. 단단과 영영이에요. 둘이 걸어오고 있어요. 그들이 손을 잡고 봄바람 속을 거닐어요. 진경산수화가 따로 있지 않아요. 비로 쓴 듯이 평양 시내가 깨끗해요. 간밤에 내린 비가 거리마다 빗질을 불러왔군요. 햇살이 솜털을 헤집으며 감미롭게 속삭여요. 둘은 시내 한가운데에 들어섰어요. 사통팔달의 광장이 가슴을 시원하게 뚫어줘요.

통일소년 단단

이게 그 유명한 김 장군 광장인가 봐요. 영영이 그렇다고 고 개를 끄덕이네요.


> 나비가 팔랑팔랑 춤추며 날아가요
> 햇살은 아롱다롱 노래하며 내려와요
> 둘이는 바람만바람만 봄바람을 따라가요


　아까부터 단단이 한눈을 팔았어요. 여자 교통경찰이 신기해서 그래요. 처음에 그것은 교차로 중앙에서 꽃송이처럼 발견되었죠. 움직이는 꽃인가 했어요. 그녀는 기묘한 몸짓으로 차량에게 신호를 보냈어요. 단단의 첫눈에 그것은 절정의 공연 예술로 다가왔어요. 짜릿한 감동의 물결이 가을하늘 새털구름처럼 몰려왔어요. 단단은 가슴이 설렜어요. 한편 슬그니 애가 탔어요. 왜냐하면 푸른 버들 숲 속에서 그녀가 보였다 안 보였다 하거든요. 후후훗, 광한루에서 처음 춘향을 만났을 때의 이 도령 심정이 이랬을까요?
　예쁜 몸짓으로 명멸하는 그녀가 단의 애간장을 녹여요.

예술 공연이 따로 없어요. 무심한 낯빛이라서 더욱 애가 타요. 그녀가 입은 경찰 제복은 몸매에 맞춤한 미니스커트에요. 수신호 동작이 얼마나 아름다운지요. 작은 움직임 하나하나가 춤이에요. 멋스러운 예술 춤이에요. 단단의 가슴은 어린 신랑처럼 콩닥콩닥 뛰었어요. 커다란 남빛 파라솔이 그녀의 무대로군요. 경광 봉을 재주껏 놀리는 그녀가 단의 가슴조차 들었다 놓았다 해요. 그녀는 경광 봉을 마치 손오공이 여의봉을 다루듯 해요. 길거리에서 뜻밖의 감동과 쾌감을 얻은 단의 얼굴이 활짝 피었어요. 해를 마주한 해바라기처럼 환해졌어요.

　여경의 고혹적인 몸짓에 단단은 혼이 쏙 빠졌어요. 운동장에서 치어리더를 볼 때와는 느낌이 사뭇 다른가 봐요. 직선을 뚫고 지나가는 곡선의 고요한 떨림이 이런 걸까요? 그것을 소름 돋는 아름다움이라고 표현하면 어떨까요? 단단은 감동에 겨워 눈물이 날 듯해요. 몸을 부르르 떨어요. 이것 참 큰일 났군요. 아무래도 영영이 질투하겠는 걸요. 단단은 경광 봉 춤에 감전되었어요. 여경의 몸짓에서 좀체 두 눈을 떼지 못하고 있어요. 환시일까요, 환청일까요? 젊은 남자들의 짓궂은 휘파람 소리가 그녀의 팽팽한 경찰제복에 메아리를 길게 남깁니다.

시간이 갈수록 단단이 한결 용감해져요. 영영이 무섭지 않은가 보네요. 평양 발 연애 바이러스가 과연 힘이 세군요. 단단이 연애 바이러스에 중독되었어요. 단단이 유혹의 바다에 빠졌어요. 빈사 상태가 되었어요. 그러나 더 놀라운 것은 새 여경이 눈에 들어올 때마다 그러는 거예요. 이 정도면 단단이 제 분수를 넘어도 한참 넘었지 않나요? 그런데도 그는 자신이 지금 어떤 상황인지를 전혀 모르고 있는 듯해요. 단단이 지금 평양 길거리에서 완전히 넋을 놓았어요. 그는 내처 얼빠진 인간이 되어 버렸죠. 장차 벌어질 사태가 걱정스럽군요. 단단에게 위험 신호를 보내 줄 수도 없고… 스스로 곤경에서 탈출하기를 바랄 뿐입니다. 아아 어쩌죠? 이걸 어떡하면 좋을까요?

여경의 고운 몸짓 손오공의 신공인가
여의봉 갖고 놀듯 경광 봉을 노는데
차라리 꽃구경이네 교통 신호 일없네

이크크 단단이 정신을 차렸나 봐요. '내가 왜 이러지?' 나직이 중얼거려요. 죄밑이 송곳이 되어 심장을 찔러 왔겠죠? 그가 아파해요. 후회해요. 그러나 물은 이미 엎질러졌어요. 영영의 차가운 눈초리가 피부 깊숙이 병정개미처럼 침투하고 있어요. 미인하다는 말이 쉽게 안 나오겠죠. 사과가 많이 늦었어요. 생뚱맞게 단단은 변호인 자아를 재빨리 내세웠어요.

'사람 사람은 하늘이 빚어낸 예술품이거든'
'예술을 감상하는 게 왜 나쁜 일이야?'
'멋들어진 공연에 가슴이 뛰고 피가 들끓는 건 인지상정이 아닌가?'

그래요, 솔직히 말해서 단단은 고향 안동에서는 이런 걸 본 적이 없어요. 기껏 교통경찰을 봤댔자 매양 남자뿐. 그런데 경찰의 근무 태도가 저토록 섹시할 수 있냐고요? 단단은 꿈에조차 상상해본 적이 없어요. 그가 여경의 공연 예술에서 느낀 것은 생명의 지극한 떨림이고 생명력의 순수한 꽃 피어남이었어요. 제 눈과 제 몸으로 단단은 그걸 직접 겪었어요. 그것은 불더위 여름날 오후에 소나기가 한 줄금 뿌린 뒤처럼 시원한 느낌을 던져 주지 않았겠어요? 어쩌면 단단이 오늘 길 위에서 만난 건 예술의 생생한 민낯이 아니었을까 몰라요. 그것은 첫째로 '아 역시 세상에서 사람이 가장 아름답구나.' 하는 것이고, 둘째로 '진정한 아름다움은 사람 혼을 빼앗는구나.' 하는 것 말이에요.

단단이 아침에 집을 나서기 전에 평양 교통경찰에 대해 몇 개의 정보를 확인하고 왔겠죠? 여경들은 평양의 남자들에게 최고의 인기를 누리고 있는데요. 북쪽 총각들의 연애 1순위 후보가 바로 교통 여경이라고 하더군요. 평양 거리를 잠시 누비면서 단단은 이 말에 즉각 동의했어요. 후후훗, 단단에게 새로운 꿈이 하나 생겼겠죠. 그는 속으로 영영이 교통 여경이 된 모습을 상상하고 있어요.

'잘 어울리는 걸'
'참 예쁜 걸'

단단은 공연히 열없어져 영영을 슬쩍 곁눈질해요. 그러는 단의 두 뺨에 미소가 무지개처럼 피어났어요.

좋아요, 좋아요. 그럴 수 있어요. 길을 가다가 남자가 예쁜 여자에게 눈길이 꽂히는 걸 피할 수 없다고 쳐요. 조물주의 심심풀이 장난의 굴레에서 인간이 빠져나오기가 쉽지 않아요. 인정합니다. 다 인정해요. 그러나 문제는 거기에 잠긴 시간의 깊이에요. 홀릴 수는 있다 해도 한눈 판 시간이 너무 길었어요. 이게 문제예요. 오늘 단단은 보통 실수한 게 아니에요. 단단이 실수했어요. 대단히 실수했어요. 단단히 실수했어요. 넋을 놓고 여경을 바라보는 단단. 영영이 옆에서 눈총을 여러 차례 쏘았겠지요. 한심하다는 표정으로 말이죠. 그래요, 실제로 영영이 한참을 도끼눈으로 째려보았다는데요. 그러나 어쨌든 단은 달콤한 꿈에서 깨어나기를 거부했어요. 사춘기 소년의 달뜬 심장은 사람에 대한 기본 예의와 슬기가 깃들이는 잔눈치조차 저버리게 했어요. 대신에 그는 이기적 유전자가 되어 쾌락과 감동의 도가니 속에서 설렘과 전율을 나몰라라 즐겼나 봐요.

에구구 뒷일이 걱정 되네요. 그러거나 말거나 푸른 능수버들과 여경의 능수능란한 몸짓이 단단의 눈 속에서 다시 하나로 겹쳐져요. 시간이 갈수록 단단은 황홀경에 한층 빠져들었어요. 꿈에 잠긴 듯 몽환 속에서 공연을 즐기는데요. 그의 두 눈은 자못 초점이 풀려가요. 후훗, 단의 정신머리가 본래 자리로 돌아오기를 영 기대할 수 없게 되었어요. 조신한 수행원의 인내심이 경계선을 넘었겠지요. 문화 해설사의 분노가 마침내 폭발했어요. 게슴츠레한 눈빛을 오래 간직한 한 남자의 손목을 냅다 꼬집습니다. 단말마의 외마디 비명이 쏟아져요.

"으아아아악!"

영영의 날카로운 눈빛이 단을 또 후려칩니다. 이 정도는 약과예요. 전학생이라서 사정을 좀 봐 준 거겠죠. 여경에게 홀려버린 단단이 오죽 밉상으로 보였을까요? 영의 사나운 그 감정이 좋이 이해가 돼요. 평양 나들이 중에서 이것은 단단이 전적으로 잘못한 게 틀림없어요. 어떤가요? 그렇지 않나요?

잔눈치 어디 가고 슬기조차 내던지고
오롯이 눈길 모아 연심에 쏠리더니
저저저 저를 어쩔까 남자 망신 제대로네


'한눈 팔 게 따로 있지. 지금 누구 앞에서!'


"으아아아악!"


꼬집기의 위력은 대단했어요. 안개 숲에서 헤매던 단이 퍼뜩 살 길을 찾았어요. 그래봤자 낚싯대에 채인 떡붕어 신세지만서도. 단단이 가슴지느러미를 파르르 떨어요. 차라리 죽는 게 낫겠다고 몸부림쳐요. 외마디 비명과 함께 단은 찬 바람 부는 현실로 냉큼 복귀했어요. 다들 알고 있겠지요, 위기의 순간에는 깨달음이 엄청 빠른 속도로 찾아온다는 것을. 그리고 일상에서 꿈은 짧고 생시가 무지 길다는 것도 잘 아시겠죠? 지금은 고통에 찬 현실이 비수가 되어 단단의 가슴을 날카롭게 후벼 파는 형국이에요.

단단이 미간을 찌푸린 채 영을 흘겨봅니다. 역설적이지

만 자칫하면 영이 단단을 구출한 꼴이 되고 말겠어요. 그러나 원망도 잠시, 그는 겸연쩍은 미소를 날려요. 생존 본능이 일러주는 대로 하는 거죠. 카멜레온 변색만이 살 길임을 그가 퍼뜩 알아챘어요. 영에게 용서를 구해요. 사뭇 애절한 눈빛을 보내요. 간절히 용서를 구해요. 영이 샐쭉거리며 날선 표창을 한 번 더 날려요. 그리고는 단을 차갑게 외면해요. 쌀쌀맞기가 마치 어둑새벽에 묘지 풀잎 줄기에 내린 서릿발 같아요.

그러나 어쩌겠어요. 둘은 지란지교이며 전생의 배필인 것을. 운명이 맺어준 견우와 직녀라고 해도 좋아요. 긍정 철학의 완성은 운명을 사랑하는 거라고 하잖아요. 운명애―그래요, 생애 최고의 사랑은 자기 운명을 사랑하는 거예요. 그러니 별 수 없지 않겠어요. 영영이 한사코 마음을 돌려 먹을 밖에. 그럭저럭 겨우 반나절 만에 사춘기의 특징이 4월 햇빛 속에 다 드러났어요. 아아 수명이 이울도록 남자는 끝내 철이 없을 테고 여자는 철분이 부족한 채로 살아간다는 것을 이제야 알 것 같아요. 평양 시내 환한 빛 속에서 역설의 진리가 제물로 눈을 떴어요.

참 고마운 일이지 뭐예요. 영영이 마음을 고쳐먹었나 봐요. 그래요. 속상하지만 영이 참을 수밖에요. 그렇지만 둘 사이에 매지구름이 하나 떴어요. 검은 기운이 날을 세우고 있어요. 언제 폭우가 쏟아질지 몰라요. 일촉즉발의 긴장이 둥글던 정신세계를 딘빅 세모꼴로 만들었어요. 세모는 무기의 상징이잖아요. 표창이며 칼끝이며 화살촉이에요. 찌르고 파고들고 베어요. 둘은 삐쳤어요. 몸도 마음도 세모꼴이 되었어요. 서로가 위험해요. 여차하면 싸움판이 크게 벌어지겠는 걸요. 그래도 어쩌겠요. 나란히 걸을 수밖에 없어요. 태엽 인형처럼 둘은 그저 발걸음을 뿌리고 있어요. 단단은 맥없이 터덜터덜 따라가요. 눈앞에 지하철역이 뒤뚱거리며 다가와요. 둘은 아무 말이 없어요. 침묵이 비수가 되어 서로의 심장을 아프게 찌를 뿐이죠.

어럽쇼, 통일 역? 후훗, 역 이름이 웃겨요. 둘 사이는 지금 분단과 대립이 한창인데, 통일 역으로 동행하다니?

'이게 뭐야?'

역 이름에 단단이 시비를 걸어요. 공연히 역정을 내요.

둘은 서로를 외면하며 지하철 안내판을 멀거니 보고 있어요. 그런데 구간 별 역 이름이 이채롭군요. 신기해요. 통일 역, 승리 역, 봉화 역, 혁신 역, 광복 역, 개선 역, 전우 역, 영광 역, 건국 역…그러고 보니 북국의 현재와 과거와 희망이 역명에 고스란히 담겼네요. 남쪽은 대체로 지명 그대로가 역명인데, 여기는 겨레의 역사와 염원을 역명으로 삼았군요. 하기야 북국에서는 지나간 분단 세월 백 년 동안 통일 구호를 많이도 애용하긴 했죠.

분단 시대에 북쪽 공동체를 하나 되게 하는 구심점으로 '통일' 구호만 한 게 없었잖아요. 그때 북쪽 지배 세력은 일상에서 늘 통일의 물결이 출렁이게 만들었는데요. 자칫 절대이념을 의심하며 흔들릴세라 인민 대중의 마음을 하나로 결집시키는 중심축이 필요했겠죠. 그래서인지 북국에서는 사람들로 하여금 '통일'을 매일같이 입에 달고 살도록 했어요. 그래도 어쩌면 남국은 이 점에서 많이 부끄러워해야 해요. 왜냐하면 분단과 대립의 100년 세월에서 남국 지배측은 통일 문제를 대부분 모르쇠로 일관했잖아요. 그들은 남북통일이 되든 말든, 아니 어쩌면 통일을 안 하려고 아예 외면했는지도 몰라요. 모르긴 해도 그들에게는 분단의 현실이 권력 장악에 더 도움이 되고 여러 모로 이익이 더 많았을 테죠.

둘은 지금 약간 떨어져서 걸어요. 단단은 머릿속이 아주 복잡해요. 오래 말을 섞지 않아서 고통이 더 빨리, 멈춤 없이 고스란히 전달 돼요. 빨리 이곳을 벗어났으면 하는 심정이에요. 단단은 이런 분위기가 질색이에요. 앞선 영영의 발걸음에 모난 감정이 실려 있는 게 보여요. 스타카토 걸음새에요. 한 발짝씩 정교하게 끊어가요. 발걸음을 옮기는 게 아니라 숫제 칼을 가는 것 같아요. 날이 섰어요. 단단은 주눅이 들었어요. 다릿심이 풀렸어요. 말 못하는 짐승이 되어 영에게 후줄근히 끌려가고 있어요. 잠시간의 눈빛 외도가 이토록 혹심한 압박과 괄시와 탄압으로 되돌아올 줄 단단은 미처 몰랐어요. 후회 반 원망 반의 심경이 단의 가슴을 터지기 직전의 풍선처럼 자꾸 부풀려요. 이 풍선이 언제 터질지 위태롭기 짝이 없어요.

단단은 곰곰 생각해요.

'여자는 왜 이다지 까다로울까?'

하기야 여자가 쉽다면 남자들이란 게 죄다 고삐 풀린 망아지가 되어 날뛰겠지요? 단단의 걸음새에 후회와 원망이 갈마들어요. 단단은 발을 떼는 게 죽기보다 힘들어요. 다리 하나 무게가 양화대교 상판 무게 같아요. 주저앉고 싶지만 그럴 수도 없고… 그저 영영을 붙좇을 수밖에요. 안 그러면 진짜 큰일이 나고 말거든요. 집 잃고 길 잃고 애인 잃고 정신 잃고… 후후훗 영영 잃고 사랑 잃고… 생각만 해도 그건 정말 최악이에요. 단단이 그 사태를 도저히 감당할 수가 없다마다요.

플랫폼에 도착했어요. 영의 외면 이후 여기까지 20분 남짓 걸렸어요. 그러나 단단은 이것이 몇 시간처럼 느껴졌어요. 어쨌거나 새로운 풍경이 단의 뼈아픈 기분을 슬금슬금 어루만져 주네요. 기분이 조금 풀렸어요. 플랫폼 한쪽에 사람들이 옹기종기 모여 있어요. 아니 그게 아니라 사람들이 길게 줄을 지어 있군요.

'여기가 영화관도 아닌데, 저렇게 반듯이 줄을 서다니?'

단단은 깜짝 놀랐어요. 이곳도 서울만큼이나 지하철을 많이 이용하나 봐요. 줄 앞쪽에 노약자들이 눈에 띄네요. 그러고 보니 몇 개의 줄들이 다 그래요. 나름 재미 있고 의미 있는 광경입니다. 단단이 갓 잡아든 줄도 그렇고 그 옆의 줄도, 또 그 옆의 옆의 줄도 다 그래요. 남쪽 지하절역에서는 좀체 보기 힘든 광경이에요.

남쪽에서는 보통 도착한 순서대로 자리를 잡거든요. 그런데 이곳은 그렇지 않은 것 같아요. 노약자는 무조건 앞자리에 배치해요. 약자를 배려하는 마음이 실제 생활 현장에서 공동체 문화로 자리 잡은 듯해요. 마치 조선 시대의 흔적이 그대로 남은 것 같아요. 놀라워요. 평양 시내에서 춤추는 여경을 만나면서부터 단단의 얇은 상식이 연거푸 와장창 소리를 내며 깨져가고 있어요.


차례차례 줄을 서요 선진국 가자고요
장유유서 한상 차려 물같이 바람같이
복지국 깃발 들고서 새 나라로 꿈나라로


통일소년 단단

줄을 어쩌나 잘 섰는지 앞쪽에서 보면 사람은 안 보이고 줄만 보여요. 참말로 대단하지요. 잘 선 줄 외에 특징이 또 있어요. 사람들이 말이 없어요. 줄 속 대열에서 아무 소리가 들리지 않아요. 누구 하나 말문을 여는 사람이 없어요. 플랫폼이 절간에 든 것처럼 조용합니다. 그들은 바다 같은 줄 속에 잠겨서 마치 무언가에 깊이 집중하고 있는 듯이 보였어요. 그것이 무엇인지는 잘 몰라요. 하여간 돈벌이나 공부, 취업이나 아파트 분양—이런 것은 아닌 것 같아요. 땅 밑 세상의 공기가 태곳적 고요함으로 흘러갈 뿐. 사람들에게 이곳은 묵언 수행을 하는 장소가 아닐까 싶어요. 그러나 가만히 보면 그들은 무표정할 뿐이지 불행한 얼굴들은 아니에요.

이윽고 객차가 미끄러지듯 단단 일행 앞에 멈춰 섰어요. 한 차례 거친 숨을 내뱉으며 열차가 스르르 품을 벌려요. 단단은 그때까지도 영영의 뒤통수 그늘에서 벌 아닌 벌을 받고 있었더랬죠. 아까 한눈팔기 외도 때문에 여태껏 자체 징벌 중입니다. 단단은 스스로를 다독다독 어루만져요. 족쇄를 풀어줄 대사면의 은총을 기대하는 눈빛을 하고서. 그러나 무슨 영문인지 그녀는 몇 차례의 교통 여경 대참사를 잊은 듯해요. 내심으로야 차마 그러지 않겠지만, 겉으로는 눈빛이 고르고 낯빛이 편안해보여요. 문득 단단의 가슴 속에선 돌연 환호성이 들끓어요. 하긴 그래요. 영영인들 어쩌겠어요. 좋은 관계를 맺는다는 건 삶의 지혜가 주는 최고의 선물인 것을. 게다가 그 중에서 어떤 지혜는 온통 참을성으로만 이루어져 있음을 똑똑한 그녀가 자마 모를 리 있으려고요? 단단이 어떤 기대감을 숨기지 않아요.

이심전심일까요? 영영이 뒤를 보며 단에게 미소를 날려요. 기쁨으로 숨이 콱 막혀요. 살았어요. 살아났어요. 사면의 축복이 벼락처럼 찾아 왔어요. 단단은 남몰래 한숨을 삼키는 걸로 징벌에서 풀려났음을 자축했어요. 후훗, 그리고 보니 영영의 뒤태가 퍽이나 예쁘군요. 단단이 밝은 낯빛으로 객차 실내에 들어섰어요. 아, 그런데 이런! 또 사고가 터졌어요. 단단의 두 눈에는 예쁜 여자를 찾아내는 무슨 특별한 장치가 있는가 봐요.

왜냐하면 실내에 들어선 즉시 여승무원에게 눈길이 곧장 꽂혔어요. 조금 전까지 영영한테 모질게 구박 받은 걸 까맣게 잊었나 봐요. 하하하 이건 뭐죠? 바보 아닌가요? 단단의 바보 인증인가요? 수컷의 본능인가요? 그러나 뭇 사내들의 무수한 눈빛 화살을 받고서도 여승무원은 표정 변화가 조금도 없어요. 기계 같아요. 반듯한 자세와 무심한 표정이 처음 그대로예요. 혹시 인형일까요? 사람은 분명한데 혹시 인조인간이 아닐까요? 무채색 표정에 웃음기가 전혀 없어요. 그녀의 마음 상태를 종시 읽을 수가 없군요. 설마 승객들을 대상으로 얼음 공주 놀이를 하는 건 아니겠지요? 저 미모에 미소를 보태면 황진이도 울고 가련만. 그러나 단단의 기대는 아랑곳없이 그녀에게선 그럴 기미가 안 보여요. 아유, 조급증이 나서 단단이 못 참아요. 궁금증을 바로 토해내요. 어떻게? 누구에게? 영영에게 물어보지. 무얼 어떻게 해요. 기계한테 물으면 기계가 대답해 줄 것 같은가요?

"영영, 저 아가씨 좀 봐."

"저 사람, 군인이야 뭐야?"

영이 대답을 안 해요. 입가에 웃음 꼬리를 지을 뿐. 물어본다고 진작 생각했나 봐요. 지하철 탑승 승무원이 모두 여자라고 하네요. 그러고 보니 단단은 이제껏 남자 승무원을 한 명도 못 봤어요. 이곳에는 왜 남자가 없느냐고, 왜 그러느

냐고 묻지 못했어요. 물음과 대답은 독자들이 각자 마련해
보는 것이 재미있을 것 같은데요.

'아유, 알겠어. 알겠다고.'

영영의 몇 마디를 듣고서 단단이 속으로 주절거려요.

'지금 세상이 어떤 세상인데? 시류가 어찌 흘러가는 줄
도 모르고 저게 무어람?'

단단이 영 못마땅한 표정을 지어요.
평화의 시대, 통일 나라에 이런 상황과 분위기라니!
이것이 마음에 들지 않았는지 단단이 가벼운 말장난을
준비해요.
착 가라앉은 기분을 바꾸려는 단단의 깜짝 변화 전략이
에요.

단단이 영영의 귀에 바싹 붙어 속삭여요.

"내가 좋은 거 하나 줄까? 지금"

생뚱맞은 말에 영영이 눈을 반짝여요.

"그게 뭔데?"

단이 고소한 표정으로 잠깐 뜸을 들여요.
이윽고 됐다 싶었던지 영의 귓가에 속말을 전해요.

"내 사랑. ㅋㅋ"

영의 커다란 두 눈이 동그랗게 더 커졌어요.


　제 짓에 제가 놀라 스스로 벌 받는다
　양심이 뿌리 되고 부끄럼이 잎새 된다
　하늘이 내려준 인성 함초롬히 피울거나

지하철 실내 풍경이 눈에 폭 익을 때쯤 목적지에 도착했어요. 광복 역이에요. 물속 손바닥 안에서 모래알이 빠지듯 사람들이 객차를 빠른 속도로 떠나네요. 힘깨나 씀직한 대학생 청년 둘이 문을 열어 주었어요. 사람들이 어느 정도 내린 후 단단과 영영은 천천히 플랫폼을 빠져나와요. 둘은 손을 잡고 있어요. 후훗, 웃기네요. 냉랭했던 그 삐침은 그새 어디로 갔나요? 하느님 맙소사, 둘은 누구도 못 말리는 짝꿍이 틀림없어요.

그들의 첫 발걸음은 평양 답사의 1번지로 향해요. 가까이 금정산기념궁이 보여요. 평양을 처음 방문하는 외지인들은 무조건 이곳을 들른다고 하는데요. 왜냐하면 북국에서 이곳은 종교 성지와 같아서 그렇대요. 단의 눈 속으로 들어온 금정산기념궁은 아주 훌륭했어요. 3층짜리 웅장한 궁전이에요. 북국의 전설적인 영웅 김 장군의 시신이 이곳에 안치되어 있어요. 안쪽 로비에 들어서니 대리석 김 장군들이 다양한 자세를 취하고 있어요. 그 조각상에는 햇살과 노을빛 조명이 일정하게 각도를 틀면서 갈마들어요. 그것은 영웅의 신비감과 친근성과 자비로움과 엄숙성을 다채롭게 연출하려는 의도임이 분명해요.

궁전 안은 굉장히 넓고 크고 웅장해요. 영영과 단단은 대리석 복도를 따라 깊숙이 들어갔는데요. 물론 다른 방문객들이 많이 있었어요, 그들과 같이 앞서거니 뒤서거니 걸어 갔죠. 한참을 가고 또 갔어요. 열 개 남짓한 문을 지났어요. 에스컬레이터와 엘리베이터를 교대로 탔어요. 드디어 저쪽 좀 떨어진 곳에 널찍한 로비가 보이네요. 아마도 참배 장소 인가 봐요. 사람들이 온통 그곳에 몰려 있어요. 로비 네 귀퉁 이에는 경호원이 서 있네요. 그들은 깎은 나무 조각같이 미동조차 없어요. 그들로부터 흘러나온 엄숙한 긴장감이 파도를 일으키며 방문객들을 덮쳤어요. 경건하고 무지근한 기운이 천천히, 그러나 창끝처럼 날카롭게 찔러왔어요. 파도의 난데없는 공격에 참배객들은 아연실색하며 연신 허리를 숙여요.

오호라, 그런데 가까이 가서 보니 이게 굴복의 몸짓이 아니라 사람들이 절을 하고 있던 거였어요. 사실 단단은 궁전 입구에서부터 주눅이 좀 들었는데요. 로비에 늘어선 참배객의 꼬리에 붙자마자 단은 심호흡을 크게 했었죠. 단전호흡이 필요했어요. 왜냐하면 평정심을 챙겨야 했거든요. 긴장감을 털어야 했어요. 가까이서 본 김 장군은 마치 살아 있는 듯해요. 앞선 참배객이 하는 대로 똑같이 따라하고서야 단단은 영영과 함께 그곳을 떠날 수 있었겠죠. 후유, 이렇게 어렵사리 참배하다니, 한평생 이곳에 다시 오지 않아도 정녕코 후회하지 않는 삶을 살리라고 단단은 궁전을 떠나오면서 조용히 속다짐을 했지 않았겠어요.

한반도 통일 국가 '대동'은 21세기 중반에 이르러 현대 문명국의 모범이 되어보자는 각오가 남달라요. 날이 갈수록 그 열기가 뜨거워요. 일찍이 5천 년 이 나라 역사에 이런 적이 있었나요? 남북통일의 기쁨과 자부심이 그만큼 크다는 반증이 아닐까요? 분단 시대가 폭력 중심의 총 나라를 남북이 따로 만들었다면, 지금 하나된 통일 조국 시대는 복지 중심의 꽃 나라를 싱글벙글 만들고 있어요. 통일 5년 만에 한반도 전역이 눈부신 무궁화동산이 된 걸 보세요. 이게 보통일이 아니에요. 아무나 할 수 있는 시대 업적이 아닌 거예요.

통일 1세대 사람들은 우리나라가 세계 문명을 선도하는 모범 국가가 될 수 있다는 각오가 남달라요. 사명감과 자부심이 대단해요. 이 나라를 정녕코 꽃 나라로 만들겠다는 각오가 날로 새로워요. 이제금 진정한 광복의 꽃이 활짝 피어

통일소년 단단

난다고 여기고 있어요. 실로 엄청난 변화가 일어나고 있어요. 남국 사람은 북국으로 이사를 오고 북국 사람은 남국으로 이사를 가고. 그러니까 우리 대동국이 말 그대로 완전한 하나의 복지 평화 세상으로 빠르게 옮겨지고 있다고나 할까요?

이렇게 거주지를 자유롭게 선택하다 보니, 분단 감정이라든지 지역감정이라는 게 빠르게 지워지고 있어요. 한반도가 통일된 지 불과 5년 만에 말이에요. 분단 시대에 있었던 총 나라의 사상과 문화는 역사박물관에 박제품으로만 남았어요. 언제부턴가 실제 삶터에서 총 나라의 흔적을 찾아보기가 도통 어려워요. 남북통일의 위대한 성공이라는 게 다른 것이 아니에요. 겨레가 한 마음으로 총을 버리고 꽃을 취했다는 거예요. 여기에는 굉장한 절제와 용기, 그리고 지혜와 노력, 자비의 마음과 진정한 평화를 향한 간절함이 절대적으로 작용했지 않았나 싶어요. 아아 100년 만에 남북통일이 되고나서야 사실상 일제 식민지 시대가 막 끝났음을 모두가 알았어요. 남과 북이 두 개의 나라로 분단이 된 역사의 뿌리가 일제 식민지 시대에 닿아 있음을 확인했으니까요. 곰곰 생각하면 일본의 식민 치하 35년 때문에 남북이 분단

되었잖아요. 그리고 1945년에 있었던 연합군에 의한 패전국 일본군의 무장 해제 조치가 결국 한반도를 남과 북으로 갈라놓지 않았는가 말이에요.

1945년 8월 15일 광복절과 1948년 8월 15일 정부 수립일과 1953년 7월 26일 남북 선쟁 휴전협정을 거치면서 남과 북은 결국 두 개의 지역 국가로 딱 쪼개지고 말았는데요. 특히 1945년 8월 15일. 일제로부터 해방되던 해에 우리 한반도가 당시 일본의 식민지가 아니었다면 남북 분단은 애당초 없었을 거예요. 한 번 생각해 보세요. 일본의 세계 전쟁 패전 책임을 그때 왜 우리 한반도가 떠안았던 것일까요? 그것은 세계 2차 대전이 끝나던 바로 그때, 그러니까 1945년 8월 즈음에 한반도가 일본의 식민지였기 때문이 아니던가요? 솔직한 말로 우리 땅 전체가 그때는 저팬 일본이었던 거죠.

남북 사람들은 통일 조국이 세워지고 나서 대동 세상에 대한 자부심과 애국심이 대단했어요. 남북통일을 이루고서야 비로소 일제 식민지의 저주로부터 풀려났음을 깨달았어요. 까닭에 통일 1세대들은 언제 어디서나 통일 조국 대동을 사랑하고 대견해하며 아끼고 자랑스러워했습니다. 마치 영영과 단단이 통일 조국의 품 안에서 지금 더덜없이 꼭 그런

통일소년 단단

것처럼 말이죠.

그럭저럭 단단은 새 학교에 빠르게 적응해갔어요. 평양 중학교의 시설은 훌륭하고 깨끗해요. 사람 사는 게 어디라도 별반 다를 게 없잖아요. 오십보백보라고, 사는 게 다 비슷해요. 더구나 어른들과 달리 아이들은 즉흥성이 있으니까 적응이 빨라요. 만나서 금방 친해져요. 아이들은 보는 즉시 마음을 열고 하나가 될 여지가 풍부해요. 겪어보니까 이곳 아이들은 경상도보다 더 예의가 바르고 더 순진해요. 남쪽에서 온 시조지기 단단에게는 이곳이 오히려 최적화된 생활환경이라고 하는 게 좋을 성싶은데요.

단단은 전학 온 지 두 달이 지나지 않아 적응이 다 되었어요. 반 친구들은 처음 때와 마찬가지로 따뜻하고 명랑하고 예의가 발랐어요. 단단은 한반도의 역사와 풍습과 전통문화에 대한 공부를 손에서 놓지 않고 꾸준히 해나가고 있는 중이에요. 단단은 이런 속에서 나날이 정신이 새롭고 나날이 마음이 즐거워짐을 충분히 느끼고 있거든요.

평화롭고 행복한 날들이 꿈속처럼 이어지고 있어요. 단단과 영영은 통일 세상을 살아가요. 자랑스러운 통일 1세대예요. 나이는 어리지만 자부심과 사명감이 대단해요. 그리고 지금 당장 보람찬 일을 하고 싶어 해요. 이 지점에서 둘은 진작 의기투합했어요. 통일 조국을 최고로 살기 좋은 나라로 만들겠다는 다부진 결기 때문에 둘의 가슴은 때 없이 맞닿아 짜릿할 때가 무척이나 많았는데요.


    안동에서 평양으로 숫돌이 전학 왔네
    친절하고 따사롭게 아이들이 끌어안네
    때마다 포근한 정이 도담도담 쌓이네


    학교의 시간은 빠르게 흘러 여름 방학이 이마에 와 닿았어요. 기회를 놓칠 수 있나요? 물실호기, 단단과 영영은 방학 중에 모험을 떠나기로 했어요. 한뜻으로 날마다 서로의 가슴을 비췄어요. 통일 조국을 세계인들 누구나 부러워하는 문화 선진국으로 만들려는 둘만의 꿈이 밤이면 별과 함께 반짝였어요. 꿈의 이상 국가를 탐험하려는 밑그림이 그들을 흥분의 도가니로 자주 몰아넣었는데요. 둘은 시시때때 모험

               통일소년 단단

의 밑그림을 함께 그렸어요. 죽이 척척 맞아서 둘은 매일같이 아주 유쾌해 보였어요. 시조 나라에서 전생을 같이 지내던 가락이 공통분모가 되었나 봐요.

이즈음 통일 나라의 얼개가 얼추 잡혀가요. 다행입니다. 그렇긴 해도 도도한 풋청춘이 이 정도로야 썩 만족스럽겠어요? 지금은 서기 2050년. 한반도에서 두 개의 지역이 하나의 나라가 된 지가 벌써 5년 세월이 흘렀어요. 하지만 통일 조국 '대동국'의 나라 정체성이 아직 완전하지 않아요. 까닭에 단단은 지금도 진정한 통일은 아직 아니라고 보는 거죠. 남과 북을 하나로 묶어줄 튼튼한 역사의 동아줄을 빨리 구해야 할 것 같아요.

통일 나라 대동의 국시는 '홍익인간'이에요. '널리 세상을 이롭게 하자'는 뜻이에요. 혹은 '널리 세상을 이롭게 하는 사람'이라는 뜻이기도 해요. 홍익인간을 사람에 적용하면 그는 단군이기도 하고 선비이기도 하고 일제 독립투사이기도 해요. 그의 가슴 속에는 늘 〈세계 평화와 만물의 행복〉이라는 큰 꿈이 담겨 있어요. 자신이 홍익인간임을 모르고 지내다가 홍익인간으로 새롭게 태어나는 사람—그가 바로 통일 조국의 대동인들이 아닐까 싶어요. 앞으로 지구촌을 무대로 해서 널리 세상을 골고루 이롭게 하는 사람이 바로 그들이지요. 그렇다면 단단과 영영이 시도하는 방학 중 동반 모험은 결국 그 자신들이 진정한 홍익인간이 되려는 노력의 하나가 되기도 하겠죠?

꿈인 듯 잠인 듯 춤 노래가 절로 나네
꿈이라면 깨지 말고 꿈 아니면 오지 마라
기쁘다 평생의 꿈이 이리 속히 왔을까

단단이 다니는 평양 중학교는 특별해요. 학교 이름을 드높여주는 별난 게 몇 있어요. 그 중 하나가 학생 저자 만들기예요. 이 학교는 졸업 때까지 학생 1인당 책을 한 권씩 반드시 출판해야 해요. 대학교로 치면 졸업 논문을 써야하는 셈이지요. 까닭에 단단과 영영, 둘은 이번 방학에 중대 결심을 해야만 했어요. '책 쓰기 프로젝트'에 첫걸음을 떼어야만 하지요. 이곳에서는 졸업할 때 학생이 책 한 권을 반드시 써야 하니까요. 출발이 자꾸 늦어지면 안 돼요. 나중에는 시간에

통일소년 단단

쫓겨서 책 쓰기가 힘들어져요. 출판된 책 한 권에 졸업 자격이 주어지거든요.

하하하 기대해 주세요. 단단과 영영이 함께 책을 쓰기로 했어요. 그들은 '나의 이상 국가 탐방기'라는 책 쓰기를 함께하기로 벌써부터 셈속을 맞추어 놓았거든요. 둘은 필요한 책을 읽고 자료를 찾아 한곳에 끌어 모으는데 그치지 않으려 해요. 직접 발로 뛰며 이상 국가의 알속과 향기를 온몸으로 느끼려 합니다. 삶의 터전에서 갓 건져 올린 생생한 현장감이 책갈피마다에서 숨쉬기를 바라요. 단순히 책이라는 형식 논리를 넘어 책 내용의 참신성과 진정성에 승부를 걸려고 해요. 영영과 단단의 '책 쓰기 프로젝트'가 과연 어떻게 수행될지 무척 궁금하군요.

눈을 들어 하늘을 보세요. 아니 산을 보세요. 백두산이 보이나요? 민족의 영산 백두산. 그런데 이 백두산이 지금 온전하지 않아요. 하나의 산, 온 산이 아니에요. 둘로 분단되어 있어요. 산이 동과 서로 쪼개져 있어요. 백산과 두산이 갈라진 꼴이죠. 천지연도 두 조각이 났는데요.

우리 대동국이 이웃 중국과 백두산에서조차 국경을 맞

대고 있거든요. 천지 주변을 자세히 보세요. 흰색 페인트로 칠해진 굵은 금이 보이나요? 이게 국경선입니다. 선 안쪽은 우리 땅이고 선 바깥은 중국 땅이에요. 천지 역시 마찬가지예요. 천지연을 16개 봉우리가 에워쌌는데 이 중 봉우리 7개만이 우리 거예요. 이것은 마치 옛날에 남녘과 북녘이 둘로 분단되어 있던 것과 어쩌면 그렇게 똑같은지요? 역사의 엄정함에 소름이 돋을 지경이에요.

장엄한 백두산이 둘로야 쪼개어져
천지도 반동가리 봉우리도 반동가리
대동인 가슴 가슴도 불쌍타 반쪽 세상

단단은 옛날 남북이 분단되어 있을 때를 가끔 떠올려요. 책을 열심히 찾아보기도 해요. 당시 거개의 신문 방송은 권력층이 던져주는 먹이에 길들여진 가축과 같았는데요. 그들은 일상 속에서 아주 자잘하게 그러나 야금야금 꽃 나라를 무너뜨리는 작업에 집중했다고 하데요.

상당수 언론들이 독재 정권에 해가 되는 것은 찢거나 감추어서 안 보여주었어요. 정치권력과 경제 권력의 비위에 맞게끔 사실을 비틀고 짜 맞추어 신문과 방송에 내보냈어요. 그래도 그때 남녘 사람들은 그냥 그러려니 하며 살았데요. 왜냐하면 정치고 뭐고 간에 지옥 같은 삶터에서 우선 당장 먹고 살기가 굉장히 힘들었으니까요. 하루하루 생존 경쟁이 치열하고 살림이 엄청 팍팍했거든요. 그러니 삶에 지치고 고달픈 보통 사람들은 세상이라는 큰 무대에 눈길 한번 못 주고 손 하나 대지 못하고 고스란히 내버려둘 수밖에요. 모두가 내버려둔 이런 얼뜬 세상은 저절로 독재자 패거리들의 좋은 먹잇감이 되지 않았을까요?

　그 시절을 생각하면 지금의 남북통일 세상은 달콤한 꿈속과 같아요. 통일 조국 대동국에서는 행복 체감지수가 더없이 높고 권력에 대한 감시와 건의와 비판과 제안이 한껏 자유로워요. 대동 세상에서는 한반도인들의 창의성과 열정이 시시각각 새롭게 불을 뿜는데요. 세계 문명의 틀을 바꿀 거대한 변혁이 한반도에서 착실히 준비되고 있다고나 할까요? 우리가 그걸 한번 믿어보죠. 앞으로 펼쳐질 단단과 영영의 모험 활약에 그 늘품성의 씨앗이 들어있을 테지요.

게다가 다행인 점은 해마루 사부가 멀리 안동에서 평양에 한 번씩 찾아와요. 벗도 만나고 제자도 가르치고 겸해서 말이죠. 그런 까닭에 단단은 다시금 영영과 함께 사부의 가르침을 틈틈이 받고 있어요. 단단의 공부 수준이 상당히 높아졌겠죠. 초등학생 때부터 특별 공부를 했으니까 말이에요. 언제 한번 그들이 공부하는 장면을 우리가 예고 없이 불쑥 찾아가 보는 건 어떨까요? 어쩐지 그들의 공부 내용이나 수업 풍경이 유별날 것 같지 않나요?

예, 기대가 아주 크다고요? 교육 현장을 직접 찾아가 보자고요? 그래요, 그럼. 지금 당장 출발하죠 뭐.

해마루 사부와 단단, 그리고 영영은 틈나는 대로 문답식 공부를 즐겨 해요. 주로 가까운 곳에서 산책을 하며 자유롭게 대화를 나누는 방식으로 해요. 그런데 뜻밖에도 그곳에서 좋은 가르침이 이루어지고, 유용한 정보와 의미 있는 가치가 많이 공유된다고 하데요. 일상이 갖고 있는 자체 창조성과 생산성의 덕을 톡톡히 본다고나 할까요?

쉿, 조용히. 저길 보세요. 드디어 그들의 수업 장면과 만났어요. 가까이 가서 지켜볼까요?

**해마루**: 후유, 날이 제법 덥구나. 그래도 산에 오면 이리도 기분이 좋아. 왜 그럴까? 너희들과 같이 와서 유독 그럴까? 숲 속 피톤치드의 영향 때문일까? 어쨌든 기분이 참 좋아. 상쾌하네. 산들바람이 두 손에 만져져. 자연과 내가 한껏 가까워. 올 때마다 기분이 좋고 상쾌해. 이런 곳이 이상향이지, 무어 하늘나라니 유토피아니 하는 게 별 수 있나? 그렇지. 지금 말이 나온 김에 단단에게 한번 물어볼까? 지구에 유토피아가 있을까? 어디에 있지? 단단은 어떻게 생각해? 유토피아가 뭐지? 그게 있다고 생각하나?

**단단**: 글쎄요. 이상 국가를 보통 유토피아라 하는데요. 그것은 서양인들이 순전히 종교의 꿈으로 만든 나라가 아닌가요? '유토피아'가 '이 세상에 없는 곳'이라는 뜻이기도 하고요. 실제로는 막연히 외딴섬 어디라고 알려져 있지요. 종교 왕국은 아무래도 외딴섬이 적당해서 그렇겠죠. 그곳은 모든 걸 종교가 지배해요. 먹고

사는 문제, 생각하고 행동하는 문제, 법과 제도 등등
인간사, 세상사에 종교의 손길이 모세혈관처럼 천 갈
래 만 갈래로 뻗어있어요. 연구에 따르면 이곳이 지도
상으로는 인도와 브라질 근처 어디쯤이라고 밝혀졌
다고 하기도 하대요.

역사적으로 일부 종교 광신자들이 유토피아를 찾
아 모험 대장정에 뛰어들었겠죠. 지금껏 서양에 전해
내려오는 숱한 이야기가 그것을 증명하고 있어요. 그
러나 동아시아 국가인 우리에게 유토피아 신국이 무
슨 의미가 있을까요? 다만 우리 대동국의 미래 모습
이 바로 우리가 꿈의 붓으로 그려보는 이상 국가가 되
었으면 좋겠다는 생각은 해요. 겨레의 이상 국가는 발
견이 아니라 발명 대상이 되어야 마땅해요. 존재하기
때문에 발견되는 게 아니라 우리가 스스로 만들어가
는 발명품, 이게 바로 진정한 의미에서 이상국가가 아
닐까요? 그래 행복한 우리나라는 구성원들이 즐거운
마음으로 함께 만들어가야 하지 않을까요? 따지고 보
면 지금의 한반도 통일 조국은 우리 한겨레의 백 년
염원이 만들어낸 최고의 발명품이 아닌가 말이에요.

통일소년 단단

**해마루**: 그래, 그래. 아주 멋지구나. 유토피아가 깨끗이 정리된 느낌이야. 꿈의 신세계를 우리가 우리 손으로 한번 만들어가 보자꾸나. 그런데 그 첫걸음이 하마벌써 시작되었겠지? 지난 2045년에 남과 북이 공동으로 한반도 통일 선언을 했잖아. 그 이후에 남북이 한겨레 사랑 나눔과 상호 거리 좁히기를 간단없이 해 왔고 말이야. 우리나라 평화 통일의 진행 과정과 의미, 그리고 그 결과를 단단이 한번 정리해볼까?

**단단**: 네, 알겠습니다. 물 한 모금 마시고 할게요.(꿀꿀꿀꿀꿀~) 우리 국토와 겨레는 3년의 남북 전쟁이 끝나고 나서 완전히 두 동가리로 분단되었어요. 그 세월이 백 년이에요. 한반도의 허리가 잘린 채 핏줄 왕래가 완전히 끊어져 있었죠. 지난 100년의 휴전 벌거 세월을 우리는 뼈를 저미는 아픔 속에서 근근이 살았어요. 통일된 지 벌써 5년! 통일 후유증이 염려되나 그리 걱정할 정도는 아니에요. 다행스럽게도 남북의 초등학생 어린이들조차 새 나라 만들기에 관심과 기대가 크다고 해요. 이런 기운과 분위기가 행복한 통일 신세계를 만드

는 데 아주 많은 보탬이 되고 있고말고요.

그래요, 통일 조국의 밑그림을 그리는 일에는 남녀노소가 따로 없겠죠. 〈홍익인간 다살림 운동〉이 개화된 이후로 한민족 누구나 팔을 걷어붙인 채 발 벗고 나서고 있어요. 특히 우리 통일 1세대들은 통일 조국이 가꾸어가는 대동 세상을 사랑해요. 꿈의 나라를 정녕코 우리 손으로 만들고 싶어 해요. 남과 북의 시민들이 머리를 맞대고 함께 만들어가는 나라라니, 하하하 이 얼마나 뿌듯하고 가슴 설레고 자랑스러운 일이에요. 오늘날 우리의 대동 세상이 나날이 새로워지고 나날이 푸르러짐을 보세요.

**해마루**: 그래. 단단의 말을 들어보니 힘이 불끈 솟는구나. 얘기를 계속해 보렴.

**단단**: 예, 고맙습니다. 계속할게요. 2045년 통일 선언 이후로 남쪽이나 북쪽이나 사람들의 관심과 애정이 우리나라 문화선진국 만들기에 온전히 쏠려 있어요. 배달겨레의 자긍심이 무궁화 꽃 숲처럼 흐드러지게 피어나

고 있어요. 목표를 공유하면서부터 분단 때는 멀기만 했던 남북국의 심리적 거리가 빠르게 좁혀지기 시작 했는데요. 기분 좋은 일이 아닐 수 없어요. 한겨레의 정체성을 정리하는 일도 버들치가 굽이치는 여울물 을 따르듯 급속으로 진행되고 있거든요. 그래서일까 요, 요즘은 누구나 아침부터 신명이 지펴지고 힘이 불 끈 솟는다고 하데요.

그래요 한반도인들이 통일 희망가를 부르며 꼭두 새벽부터 싱글벙글 웃음꽃을 피워요. 학교에도 직장 에도 우리 민족 고유의 신바람 문화가 지배 문화가 되 었어요. 백 년 전에 조국이 분단되었던 그 옛날부터 우리가 마을과 직장과 학교에서 매일 느끼고 바라고 한 것들이, 오매불망 바로 이런 성격의 것이 아니었을 까 하고 돌이켜보는 즐거움이 매일을 하루같이 조금 씩 조금씩 봄의 새싹처럼 돋아나고 있어요.

**해마루**: 그래 아주 좋아. 우리의 신바람 문화가 호평을 받는 다니 기분 좋구먼. 깨끔히 잘 정리했네. 수고 많았 어. 그런데 말이야, 남과 북의 분단 백 년은 우리에

게 상처를 크게 남겼잖아. 자세히 말해 이것은 어떤 상처를 남겼을까? 또 보면 두 개의 분단국가가 우리에게 어떤 방식으로든 꿈과 희망을 던져주기도 했잖아. 그것은 또 무엇이었을까?

**단단**: 지금부터 백 년 뒤의 후세 사람들은 지금의 우리를 어리석고 순진하다고 여길 수 있어요. 서기 2150년쯤이라면 말이에요. 그런데 사실 이것은 통일 이전의 남북 사람들을 떠올릴 때 우리가 가지는 생각이랑 별반 다를 바가 없잖아요? 분단 시대에는 왜 그렇게 서로를 미워하고 헐뜯고 그랬는지 모르겠어요. 마약에 중독된 사람들마냥 제 정신을 놓아 버렸던 게 아닐까싶은데요. 아마도 당대 정치권력의 세뇌 광풍에 사람들이 추풍낙엽처럼 놀아난 거겠죠? 분단 시대의 남쪽 지배 세력은 북쪽을 혐오하고 적대시하는 시각과 정책을 통해 자신들의 지배 권력을 탄탄히 유지했을 테죠. 마찬가지로 그때 북쪽의 정치권력은 남쪽을 혐오하고 적대시하는 이념 공세를 펼치며 자신들의 지배 권력을 단단히 움켜쥐었지 않겠어요?

그러나 통일 조국 시대에 샘솟는 오늘의 이 뜨거운 열정과 따스한 분위기는 신기루가 아니라 생생한 현실이에요. 있는 그대로의 생짜 진실입니다. 통일국가의 한복판에서 한 번씩 활갯짓을 해 보세요. 새 삶의 환희와 즐거움이 꽃비처럼 몰아쳐 와요. 황홀합니다. 요즘 들어 진짜로 우리가 통일이 되었구나 싶은 장면들과 부쩍 자주 만나게 돼요. 그럴 때는 정말로 온몸에 소름이 돋아요. 그렇게 뿌듯하고 그렇게 기분이 좋을 수가 없는 거예요. 이즈음은 전국 어디에서도 새 나라 새 희망의 꿈이 한여름 산딸기처럼 포실하게 익어가고 있더라고요. 우리들 어린 가슴도 이런 걸 느끼고 있고 그러면서 시시때때 기분이 참 좋아지는 걸 어쩔 수 없어요.

**해마루**: 그렇지, 정말 그래. 나도 요즘 내 생애 가장 빛나는 날들을 이어가고 있어. 하루하루가 정말 고맙고 행복하지.

**단단**: 넵, 그렇군요. 제 마음이 사부님 마음이에요. 행복해

요. 분단 시대에 남과 북의 꽉 막힌 단절과 대결이 준 상처와 고통은 아주 많아요. 권력의 독점, 곧 독재가 주는 폐해가 첫 번째예요. 분단 조국은 반 토막 나라가 된 채, 남쪽은 남쪽대로 북쪽은 북쪽대로 딱 독재 국가가 되기 십상이었어요. 분단의 백 년 동안 실제로 사람들은 독재 국가의 압제 밑에서 신음하며 입 다물고 살도록 강요당했다 하데요. 왜냐하면 나라 전체의 정신문화와 조직 문화가 사회 분위기를 폐쇄적이고 일방적이고 권위주의적인 군사 조직체의 그것으로 만들어 버렸기 때문이라 하데요. 그때를 안 겪어 보고도 저는 알 것 같아요. 독재 세상은 고통스런 불지옥, 바로 그것이겠죠. 일제식민지 시대도 그게 결국 독재 국가 세월이 아니었나요? 군부 독재 정권 말이에요.

희망은 둥글둥글 세상은 네모 세모
모난 상처 없다면 희망이 둥실할까
세월이 직녀가 되어 희망가를 수놓네

까다로운 질문에도 막힘없이 술술 답하는 단단이 기특했는지 해마루 사부가 오늘은 이 정도로 인터뷰 공부를 끝내려고 해요. '합격' 판정이 내려졌습니다. 단단은 환한 웃음으로 기쁨을 대신해요. 해마루 사부가 흡족한 미소를 지으며 단단에게 툭하고 한 마디를 던져요.

**해마루**: 합격 기념품을 주어야겠어. 그간 알고 싶거나 궁금한 게 있었다면 망설이지 말고 물어봐. 내가 성심껏 대답해 줄게.

가슴속을 맴돌았으나 누구에게도 질문하지 못한 것을 단단이 끄집어내요. 눈빛을 사뭇 빛내며 해마루 사부에게 조심스레 묻습니다.

**단단**: 통일 이전, 그러니까 우리가 옛날에 겪었던 남북의 분단과 대결은, 비유하면 그것은 형제 싸움인가요? 부부 싸움인가요?

**해마루:** 하하하 그래, 아주 좋은 질문이야. 이런 질문하기가 쉽지 않은데, 단단이 이쪽에 관심과 소양이 꽤 높구먼 그래. 내가 단도직입으로 대답할게. 그것은 단연코 부부 싸움이야. 형제 싸움이 아니거든. 그런데 근 100년 농안을 우리는 남과 북을 형제 관계인 양 여겨왔지. 남과 북을, 한반도를 부모님으로 해서 태어난 두 형제라고 봤어. 그렇기 때문에 둘 중에서 누가 장자가 되어 한반도 이 나라의 역사와 문화의 정통성을 승계하느냐가 중요한 화두가 되었어.

그러니 당연하게도 남북 간에 이념과 사상의 다툼이 그칠 새가 없었겠지? 힘자랑과 서열 싸움이 줄기차게 이어졌겠지? 남북 분단 때의 대립과 대결은 늘 이런 식으로 나타났어. 남과 북은 전투하는 마음으로 '내가 장자다.' '내가 적통이다.' 이러면서 서로를 공격하고 비난하고 조롱하고 협박하고 그랬지. 1945년 8.15 광복 이후 남과 북은 배다른 형제가 되어 두 개의 나라로 헤어진 그 즉시 줄기차게 싸워온 거야.

**단단**: 선생님, 배 다른 형제가 싸웠다고 하니 정말 실감 나는데요.

**해마루**: 그렇지. 그때 정말 그랬거든. 둘은 사실상 화해할 마음이 도통 없었지. 양보하거나 화해의 몸짓을 취하면 그것이 바로 국내적으로 패배를 자인하는 꼴이 되고 말았기 때문에 한층 더 그랬지. 분단 남북 시대는 증오의 시대였어. 그때는 혐오와 배신의 시대였지. 형제라고 하면서 서로를 저주하고 미워했어. 그때는 남과 북이 저마다 적통자로서의 자존심과 고집을 내세웠지. 그러다보니 도도한 역사의 강물 한복판에서 역류의 물살을 일으키며 남북이 세차게 부딪쳐왔던 거야. 그러나 이렇게 사는 게 사실은 남과 북 누구도 여기서 편안함이나 평화와 이득을 맛보지 못했어. 다만 일본이나 중국, 러시아와 미국 등 주변 이웃 나라와 강대국들이 분단 한반도에서 흘러나오는 파생 이익을 공짜로 마구 취했을 뿐이지.

증오의 세월 속에서 우리는 남이나 북이나 할

것 없이 독재 국가가 되고 인권 후진국이 되고 말았어. 나라 주권을 독재자와 외국에게 넘겨준, 스스로 못난 겨레가 되고 말았으니 이건 어쩌면 당연한 것인지도 몰라. 그땐 그랬어. 우리는 나라 살림살이의 주도권과 생살여탈권을 국내 독재자의 손에, 그리고 밖으로는 주변국과 강대국의 손에 넘겨주고 말았던 거지. 참으로 속상하고 안타까운 날들이 한참을 이어졌던 거야.

**단단**: 저런, 저런. 정말 그랬겠네요. 그런데 궁금한 것은, 남북이 형제 사이라고 한다면 누가 형이고 누가 아우예요? 남쪽과 북쪽이 서로 형 자리를 차지하려고 엄청나게 많이 싸웠겠는데요?

**해마루**: 그렇지, 만날 싸웠어. 내가 형이다, 내가 진짜다 하며 서로가 100년 동안 머리 터지게 싸우고 또 싸우면서 징징 우겨댄 거야. 내가 적자고 너는 서자다, 이러고 다툰 거야. 우리는 합법 정부고 너희는 괴뢰 정부다, 하면서 싸웠어. 사사건건 총으로 쏘고 포

통일소년 단단

격을 하고 비상사태를 툭하면 만들어서 또 싸웠어. '내가 형인데 형 말을 안 들어. 이거 아주 나쁜 놈이네.' 이러면서 눈만 뜨면 억누르고 비난하고 멸시하고 조롱하고 약올리고 천대하고 그랬어. 그러면서 자국민에게 맹목적인 충성을 바라고 강요했지. 침몰이다 폭침이다 해전이다 교전이다 국지전이다 하며 무슨 놈의 전투와 사건이 그다지 많았던지. 그러니까 지난 휴전 별거 100년을 관통해오면서 남북 간에는 크고 작은 도발과 전쟁이 그치지 않았던 거야.

**단단**: 그러니까 남북이 서로 한 치의 양보도 없었군요. 그 틈바구니에서 애먼 국민들만 골탕 먹고 죽어났겠죠?

**해마루**: 그렇지, 한반도가 편안한 날이 하루도 없었어. 남과 북은 분단 시절 내내 증오와 대립의 시선을 그만두지 않고 팽팽하게 유지했어. 사정이 이렇고 보니 한반도의 평화통일을 위해서는 특단의 조치가 아니고서는 안되었어. 가령 지동설처럼 근대 시대를 알리

는 신호탄과 같은 게 나와야 했지. 태양이 지구를 도는 게 아니라 지구가 태양을 돈다는 깜짝 발표가 나와야만 했어. 사실 이런 일에는 사회 분위기도 중요하지만 일차적으로는 좋은 지도자가 나와야만 실현 가능성이 한층 높아지거든. 그럴 즈음 우리에게 마침내 기적이 찾아왔지. 정말로 이건 기적이라고 할 수밖에 없어. 남북 간에 화해의 분위기가 전혀 조성되어 있지 않은 상태에서 분단 역사에 종지부를 찍는 신기원이 찾아왔으니까 말이야. 해봉하 시인이 혜성처럼 등장했거든. 하늘의 전령이지. 통일 한반도의 초대 대통령이 된 해봉하 시인—그는 우리의 영웅이었어. 〈홍익인간 다살림 운동〉이라는 멋진 평화 철학을 가슴에 품고 우리에게 왔지.

처음 해봉하 시인은 말했어. 현 시점에서 '통일보다 더 중요한 것은 남북 화해'라고 말이야. 왜냐하면 통일이라는 구호는 달콤한 거짓말이거나 입에 발린 구두선이 될 수도 있지만, 남북 화해는 그렇지 않거든. 남북 화해라는 구호는 어쨌든 현실적이고 실제적이고 현재적인 위력을 발휘해. 좀 심하

통일소년 단단

게 말해서 남북 화해가 이루어진다면 통일이 안 되어도 되는 거야. 생각해 봐. 남북통일이라고 하는 게 두 가지 길이 있잖아. 하나는 한쪽이 다른 쪽을 흡수하거나 한쪽이 붕괴하여 저절로 통일되는 것이고, 다른 하나는 남과 북이 협의하여 통일 선언 후 단일 국가 체제를 만드는 것이지. 그런데 여기서 중요한 것은 말이야, 남북이 어떻게 하면 옛날처럼 한 가족같이, 또 한 나라처럼 지낼 수 있을까 하는 점이 아니겠어? 만약에 남북이 사이가 좋아지고 서로가 믿고 상대를 존중하고 사랑한다면, 이게 바로 남북통일이 아닌가 말이야. 그게 아니라 남북이 흡수 통일되거나 붕괴 후 강제로 통일되고 나면 그 골치 아프고 시끄러운 뒷감당을 어떻게 할 수 있을까? 그 고통과 혼란은 이루 말할 수 없겠지.

**단단**: 선생님, 옛날에 많은 사람들이 통일을 귀찮게 생각했다는 말도 있었다고 들었거든요. 정말 그랬나요?

**해마루**: 놀랍게도 정말 그랬단다. 특히 남쪽의 젊은이들이

많이 그랬지. 가난한 북쪽하고 같이 살면 자기들이 손해라고 여겼던 거야, 참 속이 좁고 못난 생각이었지. 그런데 이게 꼭 청년들의 잘못은 아니었어. 지도자라는 사람들이 그렇게 만든 거지. 올바른 가치관이 자리를 잡지 못해서 그랬어. 그래 해봉하 시인이 제안한 것이 바로 남북 화해의 분위기 조성이었지. 그가 남북통일을 대뜸 내지른 게 아니었어. 분단의 갈등과 적대감이 있는 상태에서 통일에 초점을 맞추면 곳곳에서 굉장한 반발과 대립심이 부추겨질 뿐이야. 그러나 남북이 마음을 활짝 열어 서로 문화를 교류하고 경제를 개방하여 하나의 문화권으로 꾸준히 생활해 간다면 이게 바로 통일이 아니고 무엇이겠어? 안 할 말로 남북의 평화 교류가 통일보다 더 낫지, 통일보다 못할 게 뭐가 있어. 분단된 세월 100년을 살아오면서 우리가 끝끝내 기를 쓰고 통일을 해야 하는 이유가 무엇이었을까? 그건 말이야 따스한 마음으로 평화의 기운 안에서 우리 한반도인들이 더불어 평화롭게 잘 살기 위해서 그러는게 아니냔 말이지. 그 당시 해마루 시인의 판단

통일소년 단단

이 옳았어. 지금 우리가 그 시절을 돌이켜 보니 더 분명해졌잖아. 그때는 통일이 언제 되느냐가 절대로 중요한 게 아니었어. 언제 통일되느냐보다 통일이 어떻게 되느냐가 중요했고, 통일로 가는 길은 남북이 서로 믿고 존중하고 사랑하는 분위기를 만드는 일에서부터 시작된다는 걸 모두가 공유하는 게 가장 중요하다고 여겼던 거지.

**단단**: '해봉하'라는 분은 어떤 사람이었나요?

**해마루**: 하하하 그분은 한국의 정형시인 시조를 지극히 사랑했던 분이야. 시조를 가지고서 남과 북을 합치고자 했고 비뚤어지고 얼크러진 사람들의 마음을 바루고자 했지. 한국인의 정서와 도량과 철학과 감성이 오롯이 시조에 담겨 있음을 널리 전파하고자 했어. 한 마디로 현대판 시조 신바람 운동의 창시자라고 할 수 있어. 시조 운동과 함께 그분이 주창한 새로운 철학이 있었지. '홍익인간 다살림 운동'이 그것이야. 약칭 '다살림 운동'이야. 단단도 들어본 적

이 있겠지? 워낙 유명세를 탔으니까 말이야. 지금보다 한참 앞 시대에 새마을 운동과 천리마 운동이 있었다면, 해봉하 시인이 등장한 후로는 한반도 전역에 '홍익인간 다살림 운동'의 물결이 눈부셨지. 오늘날 남북 평화 통일이 성공으로 가는 길을 연 것은 해봉하 시인의 다살림 운동에 힘입은 바가 거의 절대적이야. 생각해보면 정말 고맙고도 고마운 일이지.

**단단**: 시인이 남북통일의 대문을 활짝 열다니 신기해요. 꿈 같아요.

**해마루**: 하하하 그렇지. 아마 그럴 거야. 보통 그렇게 생각하지. 많은 사람이 그렇게 생각했어. 그러나 어쩌면 이게 정도일지 몰라. 우리가 시선을 조금만 달리하면 안 보이던 게 보이잖아. 서서 보는 것하고 엎드려 보는 게 많이 다른 것처럼 말이야. '홍익인간 다살림 운동'은 올바른 인성을 바탕으로 해서 한민족 고유의 문화적 감성을 공유하는 걸 목표로 했지. 이

것이야말로 오래 묵고 복잡하게 얽힌 정치 문제를 슬기롭고 매끈하게 해결하는 방안이라고 생각한 거야. 왜냐하면 남북의 분단과 통일이라는 민족 단위의 대단히 큰 숙제는 기존 방식으로는 풀기가 쉽지 않아. 특히 이념과 이해관계가 얽혀 있어서 더욱 그렇지. 재고 따지다보면 문제가 더 혼란해지고 최악의 경우에는 마구 꼬여버리고 말지. 이럴 때는 가장 단순하고 쉽게 생각하는 게 문제 해결의 돌파구가 될 수 있지 않을까?

아마추어라서 가능한 게 있잖아. 프로는 못해. 아마추어라야 기상천외의 창의성이 빛을 발할 수 있어. 그렇게 생각했지. 시인의 말랑말랑하고 참신한 발상이 정치인의 딱딱하게 굳어버린 시멘트 발상을 깨뜨렸어. 그 결과물이 알다시피 지금의 남북 평화통일이 아니겠어? 우리가 오늘 이렇게 통일 조국의 이름 아래 자유롭고 정의로운 공기를 보약처럼 마실 수 있는 것은 통일 대통령인 해봉하 시인 덕택이라고 할 수 있어. 곰곰 생각할수록 해 시인에 대한 고마움이 사무쳐져.

**영영**: 시인이라고 하면 어쩐지 여성적인 느낌이 들어요. 남자 시인이어도 그가 여성적인 섬세한 감성을 지녔으리라 여겨지거든요. 나 말고도 보통 사람들은 대부분 그렇게 생각하지 않을까요? 해봉하 대통령이 시도한 〈홍익인간 다살림 운동〉과 남북분단을 바라보는 획기적인 시각 전환에는 여성적인 시각과 감성이 혹시라도 어떤 도움을 주지 않았을까요?

**해마루**: 그렇다마다. 여성적인 섬세함이 남북문제 해결의 새로운 열쇠가 되었지. 그 열쇠로 해 시인은 백 년 동안 잠겼던 통일의 문을 씩씩하게 열어 젖혔어. 분단된 남북 관계를 형제간으로 보느냐, 부부 사이로 보느냐는 아주 중요한 차이가 있어. 형제로 보면 남북 간의 서열이 중요하지만, 부부로 보면 서열이 무의미해지거든. 그런데 그 당시는 남북 사이에 서열이나 적통 문제, 이게 아주 중요했지. 남과 북은 죽기 살기로 여기에 매달렸어. 한반도 역사의 정통성을 제 쪽에 두고 상대방을 괴뢰 정부네 사이비 가짜 도둑놈 나라네 하며 비난하고 무시하고 공격하고

여하튼 막무가내 그랬어. 그런데 우리 민족이 원래 지닌 생기 넘치는 국운이 백 년 만에 다시 부활하려고 그랬는지, 하하하 남쪽에서 고맙게도 통일의 영웅 해봉하 시인이 깜짝 등장한 거지.

해봉하 시인은 〈홍익인간 다살림 운동〉을 주창하면서 남과 북을 부부 관계로 보자고 강조했어. 둘이 음양의 힘을 합쳐 겨레의 국운을 다시 일으켜 세우자고 했지. 그는 겨레의 반쪽인 북녘에 냉큼 화해의 손을 내밀었어. 남북 화해와 교류에 아무 전제 조건을 달지 않았지. 겨레 사랑과 민족 대단결의 원칙만 강조했어. 이건 정말 그 전에 누구도 생각하지 못했던 거야. 발상의 엄청난 대전환이고말고. 통일의 갈림길에서는 이런 게 참 중요하거든. 섬세한 일이기도 하고 말이야. 가령 통일로 가는 길을 미로에 비유해 보자고. 이 미로라는 게 말이야, 땅에서는 아주 복잡하지만 하늘 위에서 내려다보면 출입구가 또렷해. 다 보여. 해 시인 이전에는 누구나 남북을 형제 관계로만 생각했어. 부모님 나라(조선 또는 대한제국)를 이어받았다는 거지. 남북은 다투어 서로가 장자 상속권을 주장했어. 그러니까 노상 한반도가 집안싸움에 매달려 난리 북새통이었지.

**단단**: 결국 전쟁이 크게 터졌겠는데요. 그게 바로 6.25 남북 진쟁 아니에요.

**해마루**: 그래 왜 아니겠니? 결국 남과 북 사이에 저 참혹했던 6.25 전쟁이 일어났어. 그 이후에도 남북은 크고 작은 전투와 분쟁을 그치지 않았지. 100년 동안 이념 전쟁, 사상 전쟁은 물론이고 실제 전투까지 상시적으로 벌어졌어. 이러니 생각해 봐. 그동안에 남과 북 사람들이 얼마나 많은 불행과 고초를 겪었을까 말이야. 무려 100년 동안 겨레 살림터에는 생지옥 같은 날들이 이어졌지. 각자가 쏟아 붓는 국방 예산이 어마어마했어. 다른 나라에서는 시민들의 복지나 교육에 소용될 나랏돈을 한반도의 남과 북은 경쟁하듯이 군사비에 왕창 왕창 쏟아 부었지. 생각해 보면 이해가 가지 않는 것도 아니야. 그럴 수밖에 없잖아. 적국을 코앞에 두고 있고 그것도 몇 십 년

을 휴전 상태로 살아가니까 말이야. 언제 전쟁이 또 터질지도 모르잖아. 이런 불안정한 상황에서도 남북 한겨레 모두가 아무 걱정 없이 일상을 평온하고 행복하게 살아간다면 그거야말로 비정상의 극치가 아니겠어?

그런데 말이야 드디어 끝났잖아. 하하하 우리가 통일이 되었잖아. 지긋지긋하던 100년의 동족 전쟁이 끝장났어. 이게 정확하게 2045년의 일이야. 해봉하 시인의 통 큰 결단으로 남북 분단과 이념 전쟁이 뚝 그치게 되었어. 우리 통일 1세대들이 최초로 한민족의 영광과 평화를 남북 공동으로 노래했지. 그런 까닭에 특히 우리 통일 세대들에게 해봉하 시인은 역사상 둘도 없는 영웅이야. 그가 오늘날 남북 지역에서 다같이 21세기 최고의 민족 지도자로 숭앙받는 건 당연한 일이고말고.

**단단**: 그런데 남북 대립 시대가 왜 그렇게 길었나요? 화합과 평화의 시기를 썩 많이 앞당길 수는 없었나요?

**해마루:** 생각해 봐. 그건 말이야 남과 북의 분단 시대는 눈만 뜨면 서로가 머리 터지게 싸움만 했거든. 주변국과 강대국에게 우리의 갖은 이익을 제 손으로 '옛소.'하고 갖다 바치고 그랬지. 실속은 하나도 못 챙기고 남 좋은 일만 해준 꼴이었지. 분단 한반도가 한참을 그렇게도 어리석은 목숨들을 이어온 거야. 서로 지기 싫었고 양보하기 싫었던 게지. 화해의 마음을 갖지 않았는데 평화와 화해가 뭐 좋다고 찾아올까? 그건 안 되잖아. 그러니까 남북 증오 시대가 그렇게 길었던 거지. 그때의 우리 처지를 생각하면 지금도 가슴이 답답하고 마음이 짠해. 한반도인들이 독재의 시절을 참절비절의 가슴을 움켜쥐고 살았어야 했으니까 말이야. 시대의 썩은 흐름을 아프게 겪어보지 않은 사람들은 몰라. 다른 누군가가 본다면 뒤틀려버린 우리 역사를 도무지 이해하지 못할 수도 있어. 어쨌든 그땐 우리가 정말 그랬어. 남북이 똑같이 살짝 미쳤던 거지. 빨갱이나 미 제국주의 등속의 이념 마약에 중독되어서 말이야. 아아 슬프게도 그때는 우리 한민족이 흑백 이분법의 환각

통일소년 단단

상태 속에서 지옥 세상을 살았던 거지. 그때는 그랬어. 정말 그랬어. 지금이야 믿거나 말거나 간에.

**단단**: 그때는 우리나라 사람들이 제 정신이 아니었군요.

**해마루**: 정말 그랬어. 그러나 그때 천만다행한 일이 생겼잖아. 우리에게 맞춤한 위인이 등장했거든. 우리에게 천운이 따라 준 거지. 해봉하 시인이 우리들의 일상 속에서 산처럼 불쑥 솟아 나왔어. 그러나 그것은 하늘에서 선물처럼 툭하고 떨어진 게 아니야. 그것은 우리 땅에서 솟아났어. 어쩌면 해 시인은 통일을 열망하는 우리 모두의 화신이 아닐까 싶어. 하느님이 한겨레를 불쌍히 여겨서 시인을 내보냈을 거야. 그래서 그랬을까 시간이 흐를수록 〈홍익인간 다살림 운동〉의 참뜻이 한겨레 동포들의 가슴 속에서 여울 여울 불타올랐어. 당대 민중들의 신산스런 삶에 따스한 평화의 꿈과 상생의 기운이 향기처럼 번져가기 시작한 거야. 얼마 지나지 않아 통일 소망은 박제된 꿈이 아니었다는 게 드러났어.

〈홍익인간 다살림 운동〉이 들판의 불길처럼 계곡의 물길처럼 민족의 화해와 교류, 그리고 평화의 길머리가 되어 거침없이 나아간 거야. 남북 공동의 첫 작품 개성 공단과 같은 계열의 공단들이 하나둘 속속 만들어시고, 남북 합작의 공장과 회사가 공동 작업을 하고, 문화 공연을 비롯한 각종 행사 교류와 경제 교류가 봇물처럼 일시에 터져 나왔지.

**영영:** "부부 싸움은 칼로 물 베기"라는 말이 있잖아요? 이게 정확히 무슨 뜻이에요?

**해마루:** 칼로 물을 벨 수 있을까? 설혹 베었다 하면 뒤가 어떻게 되지?

**영영:** 안 베어지죠. 칼로 물을 벨 수가 있나요?
칼은 물을 베려하나 물이 호락호락할까요?

**해마루:** 하하하 그래 그렇겠지. 살다 보면 부부가 싸울 수도 있어. 신혼이든 중년이든 혹은 늘그막 황혼 부부라

통일소년 단단

도 다툼이 있을 수는 있어. 그러나 꾀바른 부부는 싸운 후에 금세 관계를 회복해. 용수철과 같은 관계 복원력을 재빨리 작동시키지. 물론 여기에는 화해하려는 마음과 노력이 먼저 있어야 해. 한반도의 남북 분단은 처음부터 부부 싸움의 시각에서 풀어야 했어. 그러면 모르긴 해도 아마도 오래전에 남북통일이 저절로 되지 않았을까? 남자와 여자는 서로 다르기 때문에 부딪히는 점이 많긴 하지만, 유난한 장점과 매력 때문에 자석처럼 서로에게 이끌리는 법이지. 해봉하 대통령은 남녀의 이런 관계에 주목했어. 평화통일의 해법을 새롭게 여기서 찾으려 했지. 그는 분단된 남과 북을 형제로 보는 시각에서 부부로 보는 시각으로 관점을 이동시켰어. 전혀 새로운 생각의 틀이 한반도에 등장했지. 이른바 패러다임을 바꾼 거야. 분단 철학이 통째로 바뀌었지. 그에 따라 부부가 심하게 싸운 후에도 둘이 화해하고 다시 믿고 사랑하게끔 하는 여러 방법을 남쪽과 북쪽 두 나라 사이에 그대로 적용하려했어. 그래 맞아. 해 시인은 통일 조국을 꿈에서가 아니라 생생한 현실에서 진짜로 만들고 싶어 했지. 이 모든 것의 밑바탕에서 이를 튼튼하게 받쳐준 것이 바로 '홍익인간 다살림 철학'이야. 그 덕분에 2045년 당시 우리 8천 만 한겨레가 자랑스러운 통일 조국 1세대가 되었던 거시.

겉을 보기보다 속을 꿰뚫어보는 게 중요해. 남과 북이 대립각을 날카롭게 세우고 팽팽한 긴장 관계를 유지하고 있을 때는 특히 그렇지. 옛날 그러니까 남북이 제각각 총 나라일 때 말이지, 남북 분단가족(이산가족) 상봉이라는 게 어쩌다 한 번씩 있었는데, 이게 통일 염원이나 분단 극복 또는 그 비슷한 뜻을 담고서 하는 게 아니라 사실은 대외적으로 자기 정부를 과시하기 위한 이벤트 쇼였던 거야. 분단가족 상봉을 남북 당국이 때로 정권 유지 전략의 하나로 삼았다고 할 수 있지. 당대 남과 북의 독재 세력은 사실상 통일을 할 마음이 조금도 없었다는 게 진실에 가까워.

**단단**: 그런데 선생님, 분단 가족과 이산 가족은 어떻게 달라요?

**해마루**: 어 그래, 좋은 질문이야. 이산 가족은 여기 저기 곳곳에 가족이 흩어졌다는 거고, 분단 가족은 우리처럼 남과 북이 분단되어 가족들이 생이별을 한 걸 말해. 그래 정확하게 말하면 우리는 분단 가족이 정확한 용어야. 이산 가족은 옛날 이스라엘 사람들처럼 세계 곳곳에 흩어진 유대인들에게 알맞은 용어지. '조국분단'이라는 현실을 숨기려고 하는 속셈이 '이산 가족'이라는 말 속에 들어있다고 보면 돼.

**단단**: 아아, 그렇군요. 감사합니다.

**해마루**: 분단 가족들이 눈물 흘리며 상봉하고 이별하는 장면이 지구별에 요란하게 생중계되면서 이것은 '믿거나 말거나'라는 이름으로 해외 토픽에 자주 실리는 단골 메뉴가 된 적이 많아. 그러나 2박3일 간의

상봉 일정을 마치고는 언제 그런 일이 있었냐는 듯이 남과 북은 거짓말처럼 또 다시 문을 꼭꼭 걸어 잠갔어. 서로가 원래대로 이념 전쟁터, 얼음 왕국이 제격 되는 거야. 분단 가족 간에 편지라도 주고받을 수 있게 해달라고 당사자들이 애걸복걸 매달려도 남북 독재 세력들에게 그건 소귀에 경 읽기였겠지? 그리고는 또 10년, 20년 세월이 그냥저냥 흘러가는 거야. 남북 분단의 애통한 세월이 무정하게 흘러갔을 뿐이야. 분단과 대립의 백 년 세월은 늘 이런 식이었지.

분단가족 상봉 장면은 할 때마다 형식이나 절차가 조금도 변하지 않아. 똑같아. 지난 50년, 80년 동안 변한 게 없어. 하나도 안 변했어. 만날 똑같아. 그러는 사이에 남과 북의 분단가족은 나이가 더 들고 앞서거니 뒤서거니 세상을 떠나고 해서 분단 가족 상봉 이벤트 쇼가 실현이 힘들어지고 그에 따라 언제부턴가는 아무런 의미조차 없게 되었겠지? 차라리 이럴 바에는 처음부터 휴전선 근처에 남북 분단 가족 면회소라는 걸 설치해서 정기적으로 가족이

통일소년 단단

만날 수 있도록 하는 게 낫지 않았을까 하고 누구나 생각하게 되었지.

이런 생각을 진짜로 실천하도록 한 게 바로 해봉하 시인의 〈홍익인간 다살림 운동〉의 힘이야. 이 운동은 남북이 여러 분야에서 동시다발적으로 평화통일 터 고르기 작업에 들어가도록 힘을 북돋아 주었지. 그리하여 남북 합자 회사가 속속 만들어지고 분단 가족 간에 편지 왕래는 물론이고 직접 가정 방문이 가능하게 되었으며 남북 상호 여행이 정부의 관리 하에 조금씩 이루어지게 됐던 거지. 남북 평화 통일의 초석이 천천히 그러나 공들여 다져지게 되었어. 다살림 운동의 세월이 10년, 20년 쌓이고 보니, 2045년에는 마침내 광복 100주년 기념식을 남북이 공동으로 개최하게 되었고, 하하하 그 자리에서 자연스럽게 남북통일 공동 선언문이 발표되었던 거지.

**단단**: 2045년은 우리나라가 완전히 새롭게 태어난 해로군요. 그때 한 바탕 난리가 났겠는데요?

**해마루:** 그래, 정말 그랬지. 정녕 2045년은 우리 한민족의 삶이 신기원을 이룩한 해야. 배달 역사에 큰 획이 그어졌지. 그 찬연한 영광에 이르기까지는 평화통일의 소망을 품고 일심 노력한 해봉하 대통령의 공이 질대적이야. 우리가 셜코 이를 잊어서는 안 돼. 다살림 운동을 통한 자연스럽고 부드러운 통일 전략에는 그의 튼튼한 민족 철학과 그것을 실천하는 끈질긴 지략과 정신이 숨어 있었지. 그런데 말이야 옛날에 독일도 우리처럼 두 개의 나라로 분단이 되어 있었거든. 놀랍게도 그들은 분단된 지 반 세기가 채 안 되어서 통일국가를 다시 이루었어.

　항간의 소문처럼 독일 사람들은 모두 이성적이고 합리적이라서 그렇게 통일이 쉽게 되었을까? 독일 통일의 근본 동력은 무엇이었을까? 이 생각의 뿌리를 찾아가보면 우리는 독일 통일의 개척자 한 사람을 만나게 돼. 당시 서 베를린 시장인 빌리 브란트라는 인물이지. 그는 통일에 대한 열정과 숨은 노력으로 동서로 분단된 독일을 하나의 독일로 묶어냈어. 통행증을 만들어서 분단 베를린이 왕래하도록 했어. 나중에 책을 보면서 독일 통일에 대해 너희들도 공부를 좀 해봐. 앞으로 우리 대동국이 걸어가야 할 길이 그곳에서 어렴풋이 열리지 않을까 하는 기대가 있거든.

사실 해봉하 시인은 오랫동안 독일의 분단과 통일의 과정을 집중적으로 연구했어. 그는 독일의 경우를 한반도 통일의 본보기로 삼았지. 통일의 대원칙으로는 평화 통일과 자주, 그리고 민족 대단결을 들었어. 그것의 구체적이고 다채로운 실천이 바로 〈홍익인간 다살림 운동〉이라는 사회공동체 운동 형태로 나타나게 되었지. 모든 일에는 뿌리가 있잖아. 풀과 나무가 그런 것처럼 말이야. 초목이든 사회 공동체 운동이든 뿌리가 있어야 자랄 게 아니겠어?

**단단**: 아아 그렇군요. 사부님 말씀을 듣고 보니 정말 그렇습니다. 최악의 남북 분단 상태에서도 관점을 살짝 바꾸면 통일이 눈앞에 보이는 것을, 앞 세대 사람들은 아무도 그것을 시도하지 않았어요. 몰라서 그랬던가요, 아니면 알고도 일부러 그랬던가요?

**해마루**: 몰라서 그런 거겠지. 알면서 일부러 그랬을 리가 있나? 글쎄 모르지. 당시 남북 정치 지배 세력의 꿍꿍이속을 사실은 잘 알 수가 없어. 그때 그들은 뱃속이 어두컴컴하고 창자가 꼬불꼬불하여 몰래 거기에 숨겨둔 게 워낙 많았으니까 말이야.

**단단**: ……

이쯤해서 해마루 사부가 단단에게 다시 질문을 던지기도 해요. 자연스럽게 세 사람의 대화가 함빡 무르익어 갑니다.

**해마루**: 100년 동안 분단된 남북의 대결을 형제간 싸움이 아니라 부부 싸움으로 다루면, 우리 민족 모두에게 어떤 이익이 있을까?

**단단**: 형제라는 게 그렇잖아요. 장가들면 딴 살림 차리고 제각각 살잖아요. 그래서 형제간에 큰 싸움이 나면 화해하기보다 아예 발길을 뚝 끊어버리기가 쉬워요. 의절

하고 사는거죠. 왜냐하면 남자 곁에는 다른 핏줄인 시집온 사람이 있잖아요. 이렇게 되면 그때부터는 형제끼리만 싸우는 게 아닌 거죠. 형제 다툼에 부부 관계가 얽혀들어 싸움이 아주 복잡해져요. 싸움이 치열해지면 형제간이 남보다 더 못한 사이가 되기도 해요. 형제가 서로를 한 핏줄로 여기기는커녕 숫제 원수로 보게 되지 않겠어요?

그러나 부부는 다르잖아요. 사이가 어떻든 간에 한 집에서 일단은 같이 살아요. 우리 한반도 상황이 그랬던 것처럼 말이에요. 우리 남쪽이 북쪽 밉다고 한반도를 떠나 일본이나 중국, 또는 다른 곳으로 이사 가서 살 수는 없잖아요. 어쨌든 한 곳에서 같이 살면 매일을 보고 지내니깐 화해할 기회가 셀 수도 없이 많아지겠죠. 부부가 지혜로우면 부부 싸움을 크게 한 후에라도 집안에 금세 화해의 봄바람이 들어차게 돼요. 여자는 남자하기 나름이고 남자는 여자하기 나름이라는 말이 괜히 나온 게 아니겠지요.

남북은 부부일까 아니면 형제일까

부부라면 동등하고 형제라면 서열 따져

애당초 부부인 것을 형제라고 왜 했을꼬


해마루: 그래 단단의 말이 맞아. 부부는 싸움했다 하더라도 금방 화해할 수 있어. 남녀가 같은 시공간에서 살을 맞대고 사니까 관계 회복 속도가 엄청 빨라. 또 부부는 형제보다도 죽을 때까지 같이 살아야한다는 운명 공동체의 속성이 더 강하잖아. 이게 부부의 정을 형제의 정보다 곧잘 더 끈끈하게 만들어줘. 그래서 부부로 맺어지면 형제 사이보다 관계 끊기가 더 어렵고 힘들어져. 너희들도 나중에 시집가고 장가가면 지금 내 말이 무슨 말인지 알게 될 거야. 지금은 몰라도 돼. 아니 몰라야 해.

영영: 호호호 그러니까 분단된 남북 사이를 부부 관계로 보면, 화해 분위기를 만들기가 더욱 쉬워지고 그래서 그때문에 참신한 해결책이 나타날 수 있다는 거군요.

통일소년 단단

**해마루:** 그렇지. 바로 그거야. 남녀는 교류가 잦으면 없던 사랑이 싹트고 있는 정이 더욱 들게 되지. 미운 정 고운 정이 붙게 돼. 그래서 나중에는 뗄 수 없는 한 몸처럼 되는 게 바로 남녀 관계이고 부부 사이야. '부부 싸움은 칼로 물 베기'라는 말이 괜히 나온 게 아니야. 남녀가 하룻밤 잘 자고 나면 깨진 쪽박조차 다시 붙게 돼. 버성기던 금실이 원래대로 감쪽같아지지. 조물주의 짓궂은 장난이라고 할까? 조물주가 남녀를 처음부터 이렇게 만들어 놨어. 낮밤 없이 지지고 볶고 싸우더라도 남자와 여자가 결국은 서로를 좋아하고 사랑하고 도와주고 먹여주고 살려주고 함께 기뻐하고 함께 슬퍼하고 한단 말이지. 이건 왜 그럴까? 남녀 관계라는 게 태생적으로 대립 단절이 아니라 협력과 상생의 관계라서 그런 게 아닐까 해.

이런 여러 가지 이유 때문에 남북 대결을 형제 간 다툼으로 풀려고 하면 절대 안 풀려. 왜냐하면 아까도 말했지만, 가령 남자가 장가를 들면 그는 더 이상 혼자 몸이 아니잖아. 남자 옆에는 시집온 새 사람이 있으니까. 곁에 딴 사람이 있으면 자기 핏줄과 다른 핏줄의 이해관계가 얽히고설키게 돼. 결혼 전에는 단순했던 문제가 형제 사이에 부부가 엮이게 되면 꽤 복잡해지지. 그러니 장가든 형제가 싸운다면 이게 진흙탕 싸움일 수밖에 없어. 혼자 싸우는 게 아니거든. 부부가 같이 싸우는 꼴이 되지. 그러니까 이게 아주 복잡하고 해괴망측한 싸움이 되는 거야. 그렇기 때문에 이런 형제 싸움은 한 번 터지면 막을 수가 없어. 피는 물보다 진하다지만, 피보다 진한 물도 가끔 있거든. 집안 내부의 싸움에서 부부의 연대 의식은 형제의 그것을 훨씬 뛰어넘는 법이야. 흥부와 놀부 이야기도 잘 살펴보면 그런 측면이 있지.

게다가 더 큰 문제는 형제 싸움은 가부장제 남자가 안고 있는 가문의 정통성 승계 문제와 연결되어 있다는 점이야. '내가 정실 어머니로부터 태어난 적자다. 너는 근본 없는 천한 서자 출신이다.' 이런 식으로 형제는 집안 서열과 정통성을 따지게 돼. 이쯤되면 고전소설 홍길동전이 따로 없어. 이런 방식이 바로 홍길동전이 전개되는 양상이 아니겠어? 한반도라는 집안 내부에서 소설 홍길동전이 은밀하게 집필되었던 거지. 남쪽과 북쪽이 1945년 8.15 광복 이후에 70년, 80년 동안을 계속해서 이런 식으로 싸워왔어. 형제간에 물고 뜯고 으르고 치고 박고 내처 싸웠던 거지.

해봉하 시인이 본격적으로 활동하는 2030년대 이전에는 남과 북이 적대감을 가지고 서로가 문을 꼭꼭 닫아 걸었어. 증오감에 사로잡혀 남과 북은, 아니 사실은 남과 북의 정권이 서로를 불구대천의 원수로 여겼지. 그런데 생각해 봐. 평화의 가장 큰 방해꾼이 뭐지? 증오와 혐오와 적대감이잖아. 적이 눈앞에 있고 적개심이 들끓는데 어떻게 화해할 수 있으며 어떻게 평화로울 수가 있겠어? 1948년 광복과 1950년 전쟁을 겪으며 남북 분단이 고착된 이후에 남북 사이는 천천히, 그러나 단호히 끊어져버렸어. 적대감과 증오심이 비무장 지대에서 내내 지옥 불처럼 타오르면서 말이야. 그런데 알고 보면 이 싸움이 형제 싸움이니까 이렇게 징글 징글하고 살벌하고 무섭게 된 거야. 만약에 남북의 분단과 대립이 부부 싸움의 성격으로 진행되었다면, 남북 관계가 그때 그 시절처럼 교활하고 악랄하고 가증스러운 막장 드라마로 전개되지는 않았을 거야. 이건 확실해. 내가 보장하지. 형제 싸움은 꼭 피를 보지만 남녀 사이, 부부 관계라는 건 참 묘한 거거든.

**단단**: 선생님, 이건 좀 엉뚱한 질문이지만 지금 인공지능(AI)이 대세잖아요. 그래서 남북통일이 되었어도 우리 학생들은 걱정이 참 많아요. 기계한테 내쫓겨서 우리가 들어설 자리가 안 보여요. 취직해서 장가도 가고 해야 하는데 어쩌죠? ㅠㅠ.

**해마루**: 그래 너희들에게 그런 걱정이 있구나. 옛날에 말이야, 러다이트 운동이라는 게 있었어. 기계 파괴 운동이야. 18세기 말에 영국에서 있었지. 기계가 일자리를 빼앗았다고 사람들이 기계를 두들겨 부순 거지. 그러면 뭐해? 기계는 나날이 늘어나고 좋아지고 발전하게 되었지. 이것은 지금도 그래. 문제는 자동화 기계니, 인공 지능이니 하는 게 아니야. 인

간사는 부조리야. 사회는 부조리가 가득해. 세상일이란 게 그래. 인간들끼리 치는 장난이야. 산다는 게 한바탕 부질없는 장난질이지. 그러니 사회 문제를 해결하는 것도 요는 사람이야. 사람이 가장 중요해. 기계를 파괴하고 인공 지능의 출현을 막고 할 게 아니라, 사람이 먼저인 세상을 사회 공동체가 협력해서 만들어가야 해. 이게 중요한 거지. 기계를 파괴한다고 해서 문제가 해결되는 게 아니잖아. 재정 정책을 통해 기계나 인공 지능을 소유하고 이용하여 돈을 많이 버는 이들에게 세금을 많이 거두어들이면 돼. 직접세 비중이 간접세보다 많이 높아야 진짜 선진국이야. 그래서 그 돈으로 복지 정책을 베풀면 그 사회가 따스하고 바람직한 공동체가 될 수 있거든.

요컨대 인간의 사회 공동체 생활에서는 정치가 가장 중요하다는 얘기야. 세금을 잘 걷고 세금을 적재적소에 잘 쓰면 돼. 극단의 부의 쏠림 현상을 정책을 통해 아름답고 쓸모 있게 바꿀 수가 있는 거지. 소득의 불공정과 불평등을 나라에서 잘 조정하면서 살아야 인류의 미래가 밝아져. 왜냐하면 사람들이 지구 위에 새로운 세상을 만들었고 그 세상은 다른 무엇보다도 애오라지 사람을 위한 세상이기 때문이지.

우리가 통일 한반도의 대동 세상을 통해 그 길을 찾아냈고, 지금 그 길로 열심히 가고 있는 중이 아니겠니?


산에 부는 산바람 숲에 부는 숲 바람
강에 부는 강바람 물에 부는 물바람
이 바람 저 바람 해도 통일 바람이 최고지


**영영**: 와, 그러면 우리가 사는 세상은 넉넉하고 남부럽지 않겠어요. 좋아요. 그런데 선생님 말씀대로 남녀 관계를 웬만큼 알게 되면, 누구나 시인이 되고 철학자가 될 수 있겠네요.

**해마루:** 하하하 그렇다마다. 남자는 여자를 좋아하고 여자
는 남자를 좋아하지. 이건 변할 수 없는 우주의 법
칙이야. 모질고 험난했던 지난 세월의 남북 대립은
진작부터 남녀 문제, 부부 문제로 풀어야 했던 거
지. 이걸 형제 문제로 풀려고 하니까 사사건건 충돌
과 대립이 일어났어. 남과 북이 따로 떨어져 딴 살
림을 한 지 10년도 아니고 20년도 아니고 장장 80년
이 넘었어. 이쯤하면 둘은 문화 유전자는 물론이고
생체 유전자까지 살짝 달라질 정도까지 되었겠지.
더구나 상대를 미워하고 멀리하고 혐오하고 싫어
했으니까 더 한결 그렇겠지.

옛날에 남북의 단절과 대립이 한창 격화되어 있
던 2010년대 후반에 남쪽에서 시민을 대상으로 설
문 조사를 한 적이 있어. 그때 남쪽 사람은 북쪽 사
람을 여느 외국인보다도 더 낯설고 관계가 먼 사람
이라고 인식하고 있다는 걸로 나왔어. 같은 민족인
데 말이야. 겨레 정체성과 동질 의식이 사뭇 없다는
거지. 남북 정부가 사람들을 그렇게 만들었어. 그러
니 누구를 원망하겠어? 일본을 원망할 수도 없고,

러시아를 원망할 수도 없고, 미국을 원망할 수도 없고, 중국을 원망할 수도 없어. 우리 스스로가 흑백 논리 이념의 주술에 빠져 허우적대다 보니까 이리 된 거야. 누구를 탓할 수가 없는 거지.

**단단**: 그래도 우리 근처에 있으면서 남과 북을 살살 꼬드겨 제 잇속만 빵빵하게 챙긴 이웃 강대국들이 미워요.

**해마루**: 아서라, 단단아 그런 소리 마라 지금은 지구촌 시대. 세계가 하나로 엮어졌어. 비행기 타면 어떤 나라든지, 심지어는 빨갱이 공산주의 나라조차 자유롭게 다 오고가는 판에, 유독 코앞에 있는 같은 민족 남북 땅에는 갈 수도 없고 올 수도 없고, 편지나 전화도 일체 못하고 텔레비전이나 소설책도 서로 못 보게 했으니 그럴 만도 해. 이건 전적으로 우리들 잘못이 맞아. 그전부터 그러했겠지만 적어도 2010년대나 2020년대의 남과 북은 한 어머니 뱃속에서 나온 한 형제가 결코 아니었겠지? 그렇다면 둘은 이복형제가 틀림없으렷다. 배다른 형제 말이

야. 그러니까 하는 말인데, 남북의 통일은 처음부터 인격적으로 독립한 남자와 여자의 화해와 결합이라고 생각했어야 옳지 않았겠어? 그리고 통일은 그 둘의 재결합이 아니라 초혼 상태로 보는 게 더 좋지 않을까? 왜냐하면 남과 북을 각각 성숙한 미혼 남녀라고 여기면, 둘의 앞날이 해사한 장밋빛이 될 터이고 그리되면 그 자체에서 한껏 짜릿하고 뿌듯하고 설레고 재미난 이야기가 무진장 생산될 테니까 말이야.

**단단**: 그러니까 지독한 부부 싸움 끝에 둘 사이에 평화가 문득 찾아온 게 바로 남북통일이군요. 지금의 우리 통일 나라는 그렇게 해서 만들어졌다는 말씀이지요?

**해마루**: 그렇지. 남북관계는 애초부터 부부 갈등 문제로 풀어야 했지. 부부 싸움을 화해하려면 남자가 잘해야 하잖아. 물론 여자가 잘해야 하지만 남자가 잘하는 게 더 중요해. 왜냐하면 아무래도 가정에서 남자가 여러 면에서 더 많은 결정권을 가지고 있고 물리적

힘도 더 세잖아. 부부가 화해를 결심했다 치면, 여자의 상치 난 마음을 달래려고 남자가 무진 애를 써야겠지? 여자가 상처가 더 많고 예민하니까 말이야. 그래 여자한테 잘 보이려고 남자가 선물 공세를 펴고 문자 메시지를 보내고 은근슬쩍 스킨십도 하고 말이야 그러겠지?

그런데 잘 생각해 봐. 이런 태도와 분위기를 분단된 남북이 교대로 사용한다고 쳐봐. 둘 사이의 냉랭하고 삭막한 관계가 얼마나 빠른 속도로 풀리며 좋아지겠어? 상대를 향한 적대감과 증오심이 시냇물 위에 내리는 눈처럼 바로 녹아버리고 말겠지. 남북 교류의 아름다운 그림이란 이런 게 아닐까 싶어. 그땐 그랬어. 남쪽과 북쪽이 자주 만나서 소통하는 게 정말 중요했지. 그렇지만 남북은 그때 그걸 하지 않았어. 상대방을 설득하고 상대방을 용인하기란 쉬운 일이 아니야. 어려워. 그러나 상대방과 싸우거나 그를 배척하기란 아주 쉬워. 대부분의 남북 지도자는 쉬운 길을 선택했겠지. 그렇다면 과연 그 상황에서 남북 사이에 화해 분위기가 조성이 될 턱이나

통일소년 단단

있었겠어? 남녀 사이는 공감이 잘 되면 사랑이 싹트면서 오해가 풀리고 상처가 금방 아물어져. 어쨌든 남녀라는 게 자주 만나면 둘 사이에 잔정이 쌓이게 되고 서로에게 믿음이 생겨나고 호감지수가 높아지게 되잖아. 이런 게 상식이고 인지상정이고 우주의 법칙이야.

**영영**: 선생님, 진작에 남북을 남녀 관계로 볼 건데 그랬어요.

**해마루**: 하하하 그렇지. 영영의 말이 맞다. 자주 만나면 정드는 거지 뭐, 별 거 있나? 가정이나 국가나 결국은 비슷한 거야. 상대의 마음을 잘 읽어서 알뜰히 배려하고 챙겨주고 다독여주고 살뜰히 보살피면 남녀 관계라는 게 금세 꽃이 피고 향기롭고 실한 열매를 맺게 돼. 남녀 사이라는 게 참 불가사의한 점이 많잖아. 처음에 데면데면하다가도 몇 번의 데이트를 거치다보면 곧장 영혼에 불꽃이 일거든. 자주 만나다 보면 연인이 되어 죽고 못 사는 관계로 발전하는

게 눈 깜짝할 새 일어나기도 하잖아. 그렇지 않니? 하하하.


휴대폰아 터져라 한반도야 웃어라

평화 바람 불어라 통일 종아 울어라

내 사랑 무궁화 꽃아 삼천리를 밝혀라


**단단**: 그런데 남북이 일본의 식민지 지배에서 해방되면서 부터 지난 백 년 동안을 왜 서로가 그렇게 으르렁대고 싸우기만 했나요? 주변국과 강대국들에게 눈 번히 뜨고서 자기네 살점이 뜯겨나가는 고통을 당하면서까지 말이에요.

**영영**: 그야 남과 북이 서로 처지를 몰라주고 배려해 주지 않으니까 속이 상해서 그랬겠지. 서로가 편리한 대로 상대를 속여 먹고 이용만 해 먹고 상대를 잘 챙겨주지 않아서가 아닐까? 실제로 이렇게 되면 부부 싸움이 오래

가잖아? 우리가 친구 간에도 싸움하고 나서 화해하려면 많이 참고 또 참고 상대를 더 많이 배려하고 좀 더 잘해 보려고 여러 가지로 애를 쓰고 해야 되잖아.

그런데 냉전 시대의 남북은 그런 노력을 일체 기울이지 않았어. 서로 상대 탓이나 하고 헐뜯고 욕하고 조롱하고 천대하고 그랬어. 심보가 고약해서 그래. 싹수가 틀려서 그렇지. 툭하면 빨갱이니 민족의 원수니 하면서 어떻게 친해질 수 있겠어? 원수끼리는 말이야 싸우는 건 쉽지만 화해하기는 정말 어렵거든. 남과 북의 지배층은 싸우는 쪽, 달리 말해 쉽게 사는 쪽을 택했던 거야. 그게 자신들의 기득권을 지키고 권력을 유지하는데 훨씬 유리하니까 말이야. 그렇지 않아요? 선생님.

**해마루**: 하하하 그래 영영의 말이 옳아. 우리가 통일 전까지 남북이 헤어진 지 무려 100년 가까이 되었지. 알다시피 1950년에 6.25 남북 전쟁이 터졌잖아. 잔혹한 동족 전쟁 이후로 둘은 몇 십 년간 휴전을 한 채 주야장천 또 싸우기만 했지. 한 번이라도 진심으로

화해하고 함께 잘 살아보려는 노력을 기울여본 적이 없어. 그저 시비 걸고 폭탄 터뜨리고 조롱하고 싸우고 헐뜯고. 정말 한심했지. 이때는 상대에 대한 증오와 혐오로 정말 눈이 멀었나 봐. 무슨 사회보안법이니 국가안전법이니 하면서 남과 북은 자녀들까지 부부 싸움에 끌어들였어. 배우자인 상대방에게 자기 자녀가 조금이라도 우호적일라 치면, 쌍욕을 하고 벌을 주고 학교도 안 보내고 심지어는 밥도 주지 않았어. 공포정치가 지배하는 분단국가는 이른바 지옥 세상이었지. 남과 북의 민중은 너나없이 그런 세상을 살아 온 거야. 근 백 년을 반 쪼가리 땅에서 모두가 애옥살이를 했어. 그때의 사람들은 이념 전쟁의 참담한 고통을 일상적으로 곱씹으며 살아왔지.

**단단**: 이때 남북의 화해와 통일의 불씨를 살린 영웅이 나타났겠죠? 바로 해봉하 시인 말이에요. ㅋㅋ

**해마루**: 그래 그래. 단단이 잘 아는구나, 대단해. 생각해 봐.

남북의 분단은 곧 부부의 분단이잖아. 부부의 관계 단절이고 교류 절단이야. 해봉하 시인이 등장하기 전에 남과 북은 제각각 백 년을 홀로 견딘, 설원의 차디찬 얼음장 같았어. 여기에 따스한 봄바람을 몰고 온 사람이 바로 해 시인이야. 그는 당대의 통념과는 달리 남북 사이가 절대적으로 화해가 가능하다고 보았지. 화해가 시급하다고 생각했어.

시기적으로 더 늦어지면 역사의 뿌리가 다른, 생판 남남이 될지도 모른다는 생각을 한 거지. 그래서 그때 나온 게 바로 '홍익인간 다살림 운동'이야. 우선 편지와 전화를 교환하고 민간 교류를 일상적으로 하고 다양한 문화 활동을 통해 한민족으로서의 정체성을 돋우고 서로를 진정으로 아끼고 배려하고 위한다면, 한반도에서 다시금 한 살림의 부부 생활이 가능하다고 보았지.

해 시인은 그렇게 '홍익인간 다살림 운동'을 주창했어. 그것을 흔들림 없이 꾸준히 실천해 나가자 남북의 동질성이 차차 회복되기 시작했어. 작은 정성이 하나둘 모여 커다란 성과를 내기 시작했지. 민족의 운명이 차츰 바뀌는 거야. 그렇게 해서 결국 해 시인은 우리 통일조국의 초대 대통령이 되었어. 이 것은 말이야, 반 만 년 우리 민족의 역사에서 문학이 철학이 되고 그 철학이 다시 정치가 되어 그것이 다 시금 일상에서 활짝 꽃피어난 아주 희귀한 사례야. 오늘날 해 시인이 우리 민족의 현대 역사에 큰 획을 그은 민족의 영웅으로 기림을 받는 게 그런 이유가 있어.

봐봐. 오늘의 통일 세상은 해 시인의 인도를 받 은 우리가 힘을 모아 완전히 새롭게 만든 이상 국가 이고말고. 하나의 통일국가를 이룬 지 불과 5년 만 에 우리는 지구촌을 선도하는 모범 국가로 우뚝 섰 어. 단단과 영영은 수시로 이를 자축하고 자랑스러 워해도 좋아. 뿌듯하고 자랑스러운 일이니까 말이 야. 거리낄 게 없어. 누가 뭐래도 우리가 참 대단하 긴 대단해. 옛날 휴전선의 비무장 지대가 오늘날 세 계에서 제일가는 관광 명소가 될 줄이야 이전에 누 가 상상이라도 했겠어? 우리의 '선비 정신'이 세계 문화의 아이콘이 되었잖아. '선비 정신'은 우리의 자랑이고 우리 문화의 자긍심이 아닐 수 없어.

　오늘날 지구 위 많은 나라들이 우리나라를 엄청 부러워하고 있어. 우리 문화를 베끼고 따라하고 흉내 내고 사랑하고 흠모하고 있어. 봐봐, 저 뜨거운 한류 열풍을 보란 말이야. 정치 경제는 물론이고 옷차림새부터 춤과 노래, 그리고 시조놀이와 한글 사용까지, 선비 정신과 서예와 그림과 음식과 디자인마저 세상의 모든 것이 우리를 중심으로 돌아가고 있잖아. 한겨레 대동국은 통일 이후 짧은 몇 년 새 지구촌 모두가 인정하는 세계의 명문 국가가 되고 있음을 너희들도 뉴스를 통해 잘 알고 있겠지?

강물이 얼었다 오리가 뒤뚱뒤뚱
삽시간 눈이 온다 물가가 지워진다
얼음은 물 아래 쩡쩡 함박눈은 그 위에 펑펑

**단단**: 물론이지요. 세계 제일의 문화국으로 명성이 높은 우리나라가 저도 자랑스러워요. 해외 친구들이 나를 부러워하는 이메일을 가끔 보내요. 그럴 때마다 뿌듯하고 자랑스럽고 그래요. 아. 내가 이렇게 좋은 나라에 사는구나 하는 자부심 같은 것 말이에요. 요새는 애국심이 저절로 막 생겨요. 우리 문화의 멋과 맛과 흥을 세계에 널리 알려야겠다는 사명감까지 마구 생겨나요. 이건 거짓이 아니에요. 텔레비전을 보다가도 가슴 밑바닥에서 감동의 눈물방울이 몽글몽글 솟구쳐올 때가 자주 있다니까요.

**해마루**: 그래 좋아. 문화는 말이야 여러 가치가 있고, 또 여러 가치로 이루어져 있지. 좋은 가치는 살리고 나쁜 가치는 버리고 해서, 어느 사회든지 바람직한 문화를 만들어가려고 애쓴다고 볼 수 있어. 그런데 단단, 가치는 어떤 것들이 있지? 가치를 제대로 알아야 문화를 풍성하고 건강하게 가꿀 수 있으니까 말이야. 단단이 아는 대로 가치의 종류를 한번 나열해 볼까.

**단단**: 네. 알겠습니다. 순서 없이 그냥 떠오르는 대로 가치를 한번 나열해 볼게요. 가치라는 게 무슨 대단하고 희한한 게 아니라, 누구나 좋아하는 것, 그냥 좋은 말들이라고 생각하면 되지요. 좋은 낱말이 곧 가치를 대변하고 있다고 보면 되니까요. 예를 들면 이런게 바로 가치에 속해요.

　… 겸손, 순수, 경청, 지혜, 끈기, 열심, 용서, 감사, 자비, 열정, 성실, 공평, 관용, 보람, 사랑, 양심, 예의, 정직, 존중, 인내, 자신감, 융통성, 믿음, 끈기, 평등, 부지런, 친절, 자유, 행복, 배려, 용기, 유머, 여유, 자선, 정돈, 책임, 절제, 안정, 절약, 협동, 정의, 건강, 혁신, 조화.

**해마루**: 하하하 그래, 단단이 청산유수로구나. 막힘없이 아주 잘했어. 그런데 이런 가치들이 문화에는 어떤 영향을 미치지? 또 이것들과 도덕은 어떤 관계에 있을까?

**단단**: 넵, 설명해 보겠습니다. 가치는 곧 미덕이지요. 미덕

은 좋기도 하고 아름답기도 해요. 사람살이를 따스하게 꾸며주지요. 그러나 미덕은 미더덕이 아니라서 먹을 수 없고 만질 수 없고 돈 주고 살 수도 없어요. 미덕은 사회 공동체에서 태어나 오직 구성원들의 마음 밭에서 자라요. 미덕이 잘 살면 곁에서 악덕은 쪼그라든 표정이 돼요. 악덕은 미덕을 미워해요. 악덕에게 미덕은 더없이 나쁜 악덕이에요. 그러나 모든 게 그렇지만 가치도 상대적이지요.

미덕은 무조건 좋고 악덕은 무조건 나쁘고, 그런 게 아니에요. 가령 일제 식민지 시대에 불복종 저항 운동에서 '불복종'은 게으름이나 반대의 가치를 가진 게 아니에요. 이때의 불복종은 복종보다 더 아름답고 숭고한 가치입니다. 그것은 용기이며 지혜이며 사랑이지요. 이런 식으로 가치는 생활 속에서 진정한 값어치가 생겨나요. 일상 속에서 가치의 진정성이 천천히 익어가지요.

사람은 경험이 많을수록 좋아요. 하나의 경험에서 적어도 하나의 가치를 건질 수 있으니까요. 미덕이 분출할 때는 여러 개가 동시다발로 쏟아져요. 그러나 안

심해도 돼요. 대체로 미덕은 미덕과 어울리고 악덕은 악덕과 어울리니까요. 세상에는 착한 사람이 지금보다 훨씬 더 많아져야 해요. 착함이 위선적인 '척함'을 이기는 세상이 되어야 우리가 꿈꾸는 정의롭고 아름다운 민주공화국이 도래할 테지요.

자, 또 다른 질문 있나? 오늘 내가 받을 수 있는 마지막 질문이야. 누가 해볼까?

**영영**: 네, 늘 궁금했는데요, 지나간 조선은 지금 우리 시대에서 다시 살려야 할 만큼 가치가 있나요? 그때의 문화나 제도, 풍습 중에서 오늘날 다시 살리고 부활했으면 하는 게 있나요?

**해마루**: 물론 사람마다 평가가 같을 순 없겠지만, 조선은 어느 정도 이상 국가의 면모를 갖추고 있었다고 해야 옳아. 어느 정도 완성된 설계도를 가지고 합리적으로 만든 나라가 조선이야. 왕조 국가라고는 하지만, 왕이 전권을 휘두르거나 함부로 권력을 남용하

지 못 했어. 조선은 독재 국가가 결코 될 수 없었다는 거지. 어떤 점에서는 현 시대보다 더 민주적이었다고 할 수 있어. 가령 사관들이 역사를 기록하는 대로 왕들이 간섭이나 억압을 못하고 그냥 내버려 둘 수밖에 없었지. 그러나 남북의 대립과 단절이 일상이었던 지나간 분단 냉전 시절에는 대통령이나 최고 지도자가 자기 입맛에 맞게 역사책을 기술하도록 강제하기도 했어. 올바른 역사 교과서를 만든다는 핑계를 대면서 말이야.

지금은 역사의 뒤안길로 사라졌지만 불과 몇 십 년 전만 하더라도 남쪽과 북쪽은 독재자를 비롯한 권력 지배층이 국가 정통성과 정체성을 자기 입맛에 맞게 왜곡하고 훼손하고 그랬었지. 권력자의 의중이 법률 위에 군림하고 그의 지시가 헌법적 가치를 지니는 그런 독재 국가 형태가 남과 북에 동시에 나타났던 적이 많았어. 한 마디로 그때는 한반도 전체가 독재 국가 총 나라 시절이라서 그렇지.

그러나 유구한 우리 역사를 돌아보면 조선 시대에는 국가의 정책 대부분이 조정이라는 공론의 장

통일소년 단단

에서 폭넓게 논의되고 검토되고 수정되고 보완되고 결정이 되었지. 말 그대로 그것은 투명한 정치, 깨끗한 정치였어. 우리 방식의 민주주의 정치의 선진 사례라고 보면 돼. 이것은 21세기가 반환점에 도달하려는 지금의 2050년께 지구촌에 자랑할 만한 투명하고 깨끗하고 정의롭고 훌륭한 민주 정치라고 단정할 수 있고말고.

**단단**: 선생님, 와 그러면 우리나라가 민주주의 역사가 굉장히 뿌리 깊은 거네요.

**해마루**: 그렇다마다. 우리나라 사람들의 민주 역량과 자치 능력은 세계 최고 수준이지. 조선 시대 민주주의에서 직접적으로 콕 집어 말하고 싶은 게 참 많아. 민주주의라는 말 대신에 민본주의라는 말이 더 좋겠구나. 왜냐하면 그때는 나라 자체가 진짜로 민(民)을 본(本)으로 삼았으니까 말이야. 그 중에서 먼저 하나만 얘기할 게. 귀양살이라는 형벌 제도가 있었지. 그런데 이게 정말 괜찮은 제도야. 세계 역사에

전례가 없는 굉장히 고급스럽고 친환경적이며 인본주의적인 거지. 그리고 말이야 승정원일기나 조선왕조실록이 보여주는 바와 같이 조선은 정책과 제도는 물론이고 주인 의식이나 문화 수준이 굉장히 높은 국가 조직이었다고 할 수 있어. 지금 이런 것들을 우리가 고유의 정신문화로 이어받고 제도적으로 되살려 쓴다면, 지금의 대중문화 일색의 한류 열풍에 새로운 불을 지필 수 있고 그렇게 해서 세계의 이목을 단박 고급스런 우리 문화에 집중시킬 수 있어. 그러면 세계 문화 수준을 차원 높은 곳으로 끌어 올리는데 우리나라가 크게 이바지하게 되는 거지.

이제 우리가 한반도에서 단일한 통일 국가가 되고 했으니 예전에 했던 식의 증오심과 적대감으로 들끓던 소모적인 내부 싸움은 그만두었으면 해. 세계 평화와 일류 문화 창달을 위해 우리가 무엇을 할 수 있는가를 끊임없이 생각하고 실천할 수 있으면 좋겠어. 지금의 우리 통일 1세대부터 문화 선진국을 차근차근 준비하는 게 어떨까 싶어. 우리가 지구

통일소년 단단

촌 현대문화의 모델을 시범적으로 한번 만들어보는 거야. 어때? 여기에 자부심과 사명감을 갖고 한번 뛰어보지 않으련? 단단과 영영이라면 할 수 있을 거야. 힘을 내어 한번 해봐. 내가 뒤에서 힘껏 도와줄게.

**단단**: 예, 고맙습니다. 앞으로 더 열심히 할게요. 사부님, 그런데 역사는 반복되나요? 아니면 늘 새롭게 나아가나요?

**해마루**: 시간은 앞으로 직진한다지만 글쎄 어떨까 싶어. 다만 어제의 해가 오늘 다시 솟고, 그제 불던 바람이 오늘 또 불어오기는 하지. 같은 게 반복된다고 봐도 좋고, 늘 새로운 게 펼쳐진다고 해도 좋아. 관점에 따라 다르게 말할 수 있지. 그러나 분명한 것은 지구별 위에서 언제 어느 곳에서나 갓난애가 태어나고 그가 자라고 어른이 되고 늙고 병들고 죽는 것처럼 그저 모든 게 반복된다는 거지. 어떤 노인이라도 때가 되면 후손에게 자리를 물려주듯이 역사는 흘러가는 한편 반복되는 것이기도 해.

그래 그런 것이지. 하루 24시간에도 낮과 밤이 되풀이되잖아. 수많은 하루가 쌓인 인간의 역사 또한 반복되는 것이라고 할 수 있지. 다만 제대로 청산하지 못한 잘못된 역사는 다시 또 반복적으로 출현하게 되는데, 이런 것이 결국은 '역사는 반복된다.'는 말로 정형화된 거야. 이것은 지나간 역사에서 반드시 일정한 교훈과 깨달음을 얻어야 한다는 점을 강조한 표현이라고 할 수 있지.

**단단**: 단도직입으로 물어볼게요. 이웃 나라 일본은 도대체 어떤 나라인가요? 그들은 왜 우리나라를 과거에 식민지로 삼았으며, 임진왜란 7년 전쟁을 비롯해서 일제 식민지 점령까지 시도 때도 없이 우리나라를 호시탐탐 노리나요?

**해마루**: 하하하 그건 말이지 수십 가지의 이유가 있어. 그러나 지금 분명히 말할 수 있는 것은 백제가 멸망한 때로부터 이것이 지속되어 왔다는 거야. 신라와 당나라 연합 세력에게 7세기에 백제가 패망했잖아. 그

후에 백제의 왕족과 귀족의 상당수 무리들이 이웃 섬나라로 건너가서 일본 고대 국가를 만드는 데 거들었거든. 저 유명한 쇼토쿠 태자가 사실은 백제 계열의 인물이라는 건 일본에서 공공연한 비밀이야. 믿기 어렵겠지만 패망한 백제의 원혼이 곧 일본의 험한 감정의 뿌리가 되었다고 할 수 있어. 임진왜란을 일으킨 도요토미 히데요시가 그 원혼의 직접적인 일차 승계자라고 할 수 있지. 그러다가 나중에 그의 후손들, 그리고 추종자들이 메이지 유신을 일으키고 조선을 침략하여 우리를 일본의 식민지로 병탄한 거야. 안중근 장군이 처단한 이등박문 같은 자가 그 같은 부류지. 그런데 그 이등박문이 정확히 백 년 뒤에 이 땅에서 이명박문이라는 이름으로 환생한 바가 있었어. 그러자 모골이 송연토록 무서운 일들이 한반도 땅에서 거푸 일어났지. 오천 년을 이어온 금수강산이 함부로 짓밟혔어. 그 결과 강은 흐름이 막혀 물이 썩어가고 물고기가 죽고 괴생물체가 출몰하고 그랬어.

일본과 우리의 모진 인연의 역사가 참으로 길고

오래되었어. 군국주의를 부활하고자 광분하는 일본의 역대 정권은 백제 원혼의 피를 이어받았다고 해도 좋아. 우리가 정신을 똑바로 차리지 않으면 언제 또 일본한테 호되게 당할지 몰라. 남북을 평화적으로 우리가 통일을 했기에 망정이지 만약 남북 간에 6.25와 같은 민족 전쟁이 또 일어났다면, 일본 자위대가 그 당장 우리나라에 중장비 첨단 무기를 들고 쳐들어왔을지도 몰라. 자국의 안전과 보호를 위해 어쩔 수 없이 선제적 방어를 한다고 둘러대면서 말이야. 그렇기 때문에 남북이 하나의 나라로 통일을 하더라도 반드시 전쟁 없는 통일, 평화 통일을 해야만 했지. 이 점에서 우리 대동국의 해봉하 초대 대통령이 더욱 위대하게 보이는 거야.

**단단**: 정말 그렇겠네요, 사부님. 싸워서 이루는 통일보다 사이좋게 화해로 이루는 통일이 더 어려울 것 같아요.

**해마루**: 그렇다마다. 무력으로 하는 통일은 누구나 할 수 있어. 쉬운 일이야. 북쪽이 망해서 자빠지는 걸 그냥

주워 먹는 것도 쉬운 일이야. 어떤 지도자라도 그건 할 수 있어. 아주 쉬운 일이지. 이를테면 대립하는 상대방에게 모욕을 주고 비난을 하고 약을 올리고 조롱하는 건 누구라도 할 수 있어. 그건 쉬워. 아주 쉬운 일이야. 그러나 대화와 타협의 정신으로 불굴의 인내심을 발휘하여 화합의 장을 지속적으로 이어간다는 건 정말 어려운 일이야. 이건 아무나 할 수 없는 일이지. 지혜와 용기, 전략과 인내가 끝없이 요구되니까 그렇지. 뜨거운 민족애와 생명 존중 사상이 밑바탕에 깔려 있어야만 가능한 일이기도 하고 말이야. 그러니까 평화통일보다 무력통일이나 흡수 강제 통일이 방법적으로 훨씬 더 쉽지. 해봉하 이전의 남쪽 지도자는 대체로 이 유혹에 빠져들었어. 그래서 보통의 지도자들은 말은 그렇게 하지 않았어도 실제로는 통일 전쟁이나 흡수 통일을 남북통일의 기반으로 삼았던 거야.

그러나 21세기에 전쟁이라고 하는 것은 승패를 떠나 공멸의 길을 밟지 않을 수가 없잖아. 첨단 무기로 중무장한 현대전에서는 이걸 피할 수가 없지. 또 그리고 어쨌든 전쟁이 터지면 힘이 더 센 쪽이 이기게 되어 있거든. 그러나 전쟁의 후유증과 직간접 피해는 물심양면에서 어마어마해. 2045년에 우리가 이룩해낸 남북의 평화 통일은 우리의 국운이 이제 지구 전체로 뻗어 감은 물론이고, 우리 한민족으로 하여금 남북이 힘을 합해서 정치경제, 사회문화적으로 가장 융성할 수 있는 기회와 만나도록 했어. 바야흐로 우리의 통일 조국이 세계 1등 문화 국가가 되는 게 결코 헛꿈에 그칠 일이 아니게 된 거지. 봐봐. 지금의 우리를 보란 말이야. 남북통일 5년 만에 우리나라가 지금 세계 최고의 문화 선진국으로 인정받고 있잖아. 아 참 복도 이런 복이 없어. 이 모든 게 통일 조국을 이룩한 우리 겨레의 영광이고 우리나라의 자랑인 게지.

**영영**: 충남 부여에 가면 '불교전래사은비'라는 게 있는데, 불교를 전해준 백제에 감사를 표하려고 일본인들이 직접 이곳에 와서 1970년대에 세운 거라고 하던데 정말인가요?

**해마루:** 그래 맞아. 일본 불교계가 마음을 모아 부여에 감사비를 세웠지. 자기들에게 불교를 전해준 옛적 백제인들에 대한 고마움을 표시하기 위해서 그랬대. 백제 26대 성왕이 6세기에 일본에 최초로 불교를 전래해 주었거든. 1500년이라는 긴 세월 동안 일본 원주민들이 그걸 잊지 않고 있다가 십시일반의 성금을 모아 감사비를 세워 우리에게 전한 거야.

아닌 게 아니라 고대 일본인들에게 백제는 철저히 선망의 대상이었겠지. 그때 그들 눈에 비친 백제는 범접 못할 문화선진국이었거든. 게다가 백제가 7세기 무렵 신라에 패망한 후에 왕족과 귀족, 그리고 많은 기술자들이 일본으로 건너가서 지금의 일본국을 만드는데 결정적인 역할을 했어. 한반도에서 건너간 신진 세력과 일본 토착 세력이 경쟁하고 연합하고 뒤섞이는 가운데 일본 고대 국가가 천천히 그리고 완전히 터전을 닦았던 거지.

그러니까 일본과 우리의 근 2천 년에 걸친 은원의 관계가 지금도 미세한 영향을 끝없이 미치고 있다고 봐야 해. 임진왜란의 원흉인 도요토미 히데요시 이후로 일본 내 정한파나 혐한론자들은 백제의 원혼을 계승한 세력이거나, 아니면 일본 토착 세력의 직계 후손들 세력으로 보면 틀림없어. 오랜 세월의 두께와 무게 때문에 일본과 우리의 애증 관계는 영원히 풀 길 없는 수수께끼처럼 복잡해졌어. 지금도 일본의 주류 세력은 우리 대동 세상을 혐오하거나 경원하는 시각에 붙매여 있음을 눈여겨보란 말이야. 그런데 이건 뭐 어쩔 도리가 없어. 한일의 충돌 역사가 오랜 세월에 걸쳐 이런 방식으로 쭈욱 흘러온 거야. 두 나라 사이의 뒤틀린 역사의 흐름을 바로잡기란 여간 어려운 게 아니야. 다만 서로가 인내심을 가지고 민간 문화 교류를 꾸준하게 활발히 하여, 대동국과 일본국 양국 간의 우의와 친목을 차례 걸음으로 하나하나 돈독히 해나가는 과정을 밟아가는 길 외에 다른 길은 없어.

**단단**: 사부님, 우리나라와 일본은 견원지간이라는데 언제쯤 사이좋은 이웃이 될까요?

통일소년 단단

**해마루:** 그래 알아. 왜 아니겠어? 너희들이 우려하는 그대로가 맞아. 이게 사실은 남북 평화 통일만큼 까다롭고 성가시고 힘겹고 복잡한 일이야. 아니 어쩌면 원만한 한일 관계라는 게 남북 평화통일보다 더 해결하기가 어려울지도 몰라. 그러나 우리나라가 백년간 침묵 속에서도 평화통일의 꿈을 버리지 않고 통일의 씨앗을 키웠으며 상호 노력한 끝에 기어코 오늘날 남북 단일의 통일국가를 이루어냈듯이, 우리와 일본과의 관계도 그런 식으로 풀어가야 하지 않겠어. 까다롭고 심보 고약한 이웃이라도 넉넉히 품어줄 수 있다면, 그 나라야말로 진정 큰 나라요 우량 선진국이요 군자의 나라가 아닐까 말이야. 남북통일 때 써먹었듯이 우리가 선선한 마음으로 먼저 그런 나라가 되어보면 어떨까?

역사가 오락가락 기록자 펜에 노네
자기 편은 좋게 좋게 상대는 나삐 나삐
한중일 국사 교과서 역사 전쟁 터졌네

와우 굉장해요. 저기 보세요. 우람찬 무궁화나무가 있네요. 단단과 영영이 그 앞에 서 있어요. 나무가 굉장히 커요. 세 아름이 넘겠어요. 구름 자동차 그리메가 시동을 끄고 둘을 근처에 내려놓아요. 아마도 여기가 꽃 나라로 들어가는 길목인가 봐요. 꽃 나라는 멀리 있는 게 아니었어요. 무궁화 꽃잎 속에 들어 있나 봐요. 빨간 단심을 열고 무궁화 꽃잎 속에 들어서면 그곳이 바로 꽃 나라예요. 그런데 무궁화는 꽃이라기보다 사실은 나무예요. 나무라는 건 뿌리가 있다는 뜻이지요. 오래되었고 튼실하다는 뜻이기도 해요.

무궁화는 보통의 꽃이 다 피고 다 질 때를 기다려요. 그만큼 유난한 개성을 자랑해요. 여느 꽃과는 달라요. 꽃 없는 날들을 기다려 저 홀로 꽃이 되어 세상을 아름답게 수놓지요. 실은 이것이야말로 모든 꽃들의 속 깊은 가장 진실한 마음이 아닐까 합니다마는. 아아 어쨌거나 영과 단은 무궁화나무 앞에서 행복하게 두 손을 잡고 하염없는 상념에 빠져들었어요.

단단과 영영의 꿈은 그런 거예요. 통일 조국을 일류 문화 국가로 만들고 싶어 해요. 김구 선생의 희망처럼 우리가 돈 많은 부자 나라가 아니라 높은 문화의 힘을 가진 나라가 되

통일소년 단단

었으면 하는 바람을 가지고 있어요. 그러자면 우선 관점의 변화가 필요하겠지요. 경계를 허무는 새로운 정신이 필요해요. 새 나라를 위해 우리가 새로 눈을 떠야 해요. 유연한 사고를 디딤돌 삼아 천지개벽 같은 혁명적 사상으로 높이 도약할 필요가 있어요.

새 나라에서는 나라 전체의 권력 에너지를 잘 조절하는 게 중요해요. 권력의 균형 잡기가 꼭 필요해요. 왜냐하면 권력은 중독성이 강하거든요. 권력을 한 번 경험하면 마약을 한 번 한 것과 같아요. 그런 효과가 있대요. 일정한 권력을 누리게 되면 남성 호르몬인 테스토스테론이 나오거든요. 권력을 처음으로 경험하면 이때 신체에 몇 가지 증상이 나타나요. 우선은 까닭 모를 자신감과 삶에 대한 애정이 갑작스레 분수처럼 솟구치지요. 이것은 마치 우울증 환자에게 치료제를 투여했을 때 나타나는 증상과 비슷한데요. 그래서 권력을 오랫동안 행사하게 되면 정말로 마약 중독 현상이 나타나요. 코카인을 흡수했을 때와 유사한 증상이지요. 권력자는 자기 확신에 유독 집착해요. 그는 소통 불능 상태로 곧장 떨어져요. 폐쇄적인 고집덩어리가 되지요. 공감 능력은 저하되고 시야는 더없이 좁아져요. 따라서 권력을 경험한 자는 대부분 자기중심적일 수밖에 없어요. 주변에 대한 배려심이 턱없이 부족해져요. 독하게 표현하자면, 그에게는 권력자만이 인간이고 그 외의 사람은 노예이거나 동식물이거나 가축이에요.

아득한 옛날부터 인간이 동식물을 지배하고 자연을 정복하면서 문명을 일구어온 것처럼 권력자는 자기 힘이 미치는 세계를 그렇게 하고 싶어 안달을 해요. 생각해보세요. 이런 것이 오늘날 사회 도처에서 인간미가 급속도로 메말라가는 이유를 잘 설명해 주고 있어요. 인류 역사가 어느 때나 그랬겠지만 요즈막은 유난스레 권력자 전성시대예요. 가진 자들의 패악과 횡포가 유난해요. 자본 제일주의가 대세를 장악했어요. 오늘의 지구촌에서는 인면수심의 문제적 인간이 우후죽순처럼 속속 등장해요. 맹렬한 탐욕과 잔혹한 경쟁과 교활한 이기심이 현대 사회 곳곳을 불지옥으로 만들고 있음을 보세요. 오늘날 인류 문명이 저 꽃 나라와 같은 협력과 상생의 기운을 되찾지 못한다면, 절대 다수의 절대 불행이라는 지구 사상 최악의 시나리오가 지금처럼 영원히 지속될 것임은 한낮에 시냇물을 보듯 환하기 짝이 없어요.

통일소녀 단단

이쯤해서 단단이 사부에게 질문을 던져요. 안타까움이 묻어나는 목소리예요.

**단단**: 사부님, 그렇다면 인간의 권력 중독을 치료하거나 예방할 수는 없나요?

**해마루**: 권력 중독은 사실상 모든 동물의 본능이야. 인간도 예외가 아니지. 아니, 특히 인간에게 심하지. 권력 중독은 병이야. 병이니까 치료가 가능해. 치료해야 하고, 또 치료할 수 있지. 권력 중독은 치료가 가능해. 약물 치료나 수술 요법으로 할 수 있지. 비유한다면 약물 치료는 개혁이고 수술 요법은 혁명이라고 할 수 있어. 그런데 생각해 봐. 사람은 누구나 권력을 갖고 싶어 하잖아. 이것은 무엇을 뜻할까? 누구나 권력 중독에 빠질 수 있다는 거지. 누구든지 힘 있는 사람이 되어 그 힘을 사용하고 싶어 해. 다른 이의 삶이나 주변 환경에 자신의 영향력을 행사하고 싶어 하지. 그 욕심이 좋은 의도를 갖고 있든 나쁜 의도를 갖고 있든 간에 말이야. 사람은 나 외

의 인간 집단을 자기 의도대로 다스리고 통제하려는 욕구를 무의식 깊이 가지고 있어.

하하하 인간이 뭐겠어? 인간은 동물이야. 동물을 벗어날 수 없어. 권력에 늘 목말라하는 존재가 인간이야. 인간은 살아 있는 한 권력을 갈구하지. 이것은 거의 본능적인 것이야. 말하자면 인간적인 너무나 인간적인 것이지. 인간이 자신의 기본 욕구를 충족하려는 지극히 자연스러운 태도야. 그러나 여기서 중요한 것은 자신이 획득한 권력을 무엇을 위해 어떻게 사용하는가를 선택하고 실현하는 일이야. 왜냐하면 권력을 올바르게 사용할 때 개인이나 사회가 건강하게 살아갈 수 있으니까 그래. 정당한 방법으로 얻은 권력이라도 그것을 바르게 사용하지 않으면, 그것은 어쨌든 나쁜 권력이 되는 거잖아.

**영영**: 선생님, 좋은 권력도 있고 나쁜 권력도 있나요? 권력은 다 똑같은 게 아닌가요?

**해마루**: 아니지, 그렇지 않아. 좋은 권력은 개인과 사회를 건

강하게 살리고, 나쁜 권력은 개인과 사회를 병들게 하고 심지어 죽음에 이르게 해. 그러니까 인간 세상에서 가장 중요한 게 무어냐? 딱 답이 나왔지. 그게 바로 권력이고 정치야. 정치는 권력을 다루거든. 어떤 권력을 누가 어디에 언제 어떻게 쓸 것인가를 조절하는 게 정치야. 경제라고 하는 것도 결국은 정치가 판단하고 정치의 틀 속에서 작용하는 것이지. 알다시피 공산주의 사회와 자본주의 사회가 살아가는 방식이 완전히 다르잖아? 그걸 비교해보면 이게 무슨 뜻인지 알겠지. 인간은 사회적 동물이라서 언제 어디서나 공동체를 이루고 살잖아. 그렇기 때문에 대중 사회에서 가장 중요한 것은 정치일 수밖에 없거든.

나는 사람들이 정치의 중요성을 깊이 깨달았으면 좋겠어. 정치의 중요성이 곧 선거의 중요성이기도 하지. 선거가 중요한 만큼 정치의 주체는 곧 개인 개인의 일반 시민들이야. 전문 정치인들이 정치의 주체가 되어서는 결코 안 돼. 그들은 국민의 심부름꾼이고 일꾼이고 대리인일 뿐이야. 그런데 만약 어떤 사회가 정치 혐오증에 빠져 허우적대는 분위기가 있다면, 이것을 어떻게 해석하면 좋을까? 이것은 말이야 어떤 특정한 세력이 권력을 독점하려고, 고의적으로 사실을 왜곡하고 비틀고 감추고 윽박지르고 속이고 을러대는 과정을 신문 방송을 통해 숱하게 되풀이하고 반복하기 때문에 그런 것이라고 보면 틀림없어. 사람들에게 정치 혐오증을 부추긴 후 소위 그 더러운 정치를 자신들이 독점하려고 하는 교활한 술수인 거야. 여기에 속아서는 안 돼. 모든 사람이 정치에 집중해야 해. 세상을 만들어가는 건 바로 정치야. 정치를 떠난 현실은 없어. 조금 과장한다면 인간이 처한 당대의 모든 현실은 정치가 만들어낸 거라고 할 수 있어. 잊지마. 명심해.

**해마루:** 단단아, 내가 질문 하나 해 볼게. 첨단 통신 기술의 발달과 상호 커뮤니케이션의 활성이 소위 정치라는 걸 필요 없게 또는 무기력하게 만들지는 않을까?

**단단**: 아니 아니 그건 아니에요. 절대 그렇지 않아요. 차라리 우리보다 미래 세대에서 정치의 중요성이 더욱 도드라질 거예요. 왜냐하면 지구 환경 문제도 있고 해서 인간 공동체 사회는 더욱더 정치가 중요해져요. 혼자 힘으로는 세상에 될 게 없어요. 궁극적으로 인간의 모든 문제는 정치로 거두어져요. 사람들이 평소에 이것을 잘 느끼지 못하겠지만요. 사회 공동체 조직은 거미줄 같은 관계의 그물망으로 얼기설기 얽혀 있어요. 세상살이에 정치가 가장 중요하다는 뜻입니다. 가령 지구 환경을 보호하기 위해 각국의 대표자들이 모여서 회의를 하고 공동 방안을 마련하는 것 등이 다 정치에요. 세상은 얼기설기 하나로 이어져 있잖아요? 까닭에 우리 인생에서 가장 중요한 것은 정치일 수밖에 없겠죠. 정치가 아니고서는 이런 문제들을 함께 확인하고 함께 해결하고 함께 논의하는 일들을 시도조차 할 수 없기 때문이에요. 이런 점에서 정치는 관계의 미학을 다루는 것이며, 다살림 철학의 실천과 직접 맞닿아 있어요.

우리는 정치의 중요성과 가치를 잘 알아야 해요.

똑똑히 살펴보세요. 다스림은 '다살림'을 슬쩍 비튼 거예요. 그렇다는 생각이 들지 않나요? 결국은 똑같은 것이에요. 공동체 속의 사람들을 골고루 행복하게 하며 더불어 잘 살게 만들어주는 것—이걸 도대체 누가 할 수 있나요? 이게 바로 정치가 해야 할 가장 중요하고도 근본적인 일이 아닌가 말이에요.

시련이 없으면 희망도 없어요. 시련이 닥쳐야 희망이 생생해져요. 우리 한반도는 국토 분단의 시련이 있었기에 통일이라는 큰 희망이 절로 잉태되었어요. 분단의 아픔이 컸기에 희망은 뜨거웠고, 그리하여 끝끝내 남북통일이 성취된 게 아니었을까요? 상처 많고 굴곡진 우리 현대사를 우리가 사랑하지 않으면 누가 그 사랑을 대신해 줄까요? 사랑 중에서 최고의 사랑은 운명애라고 선생님이 말씀하셨잖아요. 그래요. 힘을 내면 좋겠어요. 우리 모두가 마음을 하나로 모아 한반도의 굴곡진 아리랑 역사를 사랑하고 지금의 통일 세상을 더 한껏 사랑하면 어떨까요?

사람은 물에 사는 하고 많은 물고기
문화는 사람 강물 물은 내쳐 흐르고
물고기 물에서 놀듯 사람은 문화를 놀고


단단과 영영, 둘은 사뭇 폭풍우처럼 의기투합했어요. 구름 자동차가 둘의 모험 길에 동행해요. 차 이름은 '그리메'예요. 이것은 주인을 그림자처럼 따라다녀요. 그래서 이름이 '그리메'입니다. '그리메'는 '그림자'의 옛말이지요. 하늘의 구름이 자동차로 변했어요. 거기에는 얼마나 많은 세월이 필요했을까요? 단단이 영의 마음을 완전히 얻는 데는 또 얼마나 많은 시간이 흘러야 할까요?

흥미롭고 짜릿한 여행이 시작 되었어요. 짧고도 긴 여행이에요. 여행의 첫걸음은 영웅 인터뷰예요. 둘은 지금부터 역사 속의 신들과 영웅을 만나러 가요. 그냥 무작정 찾아가기로 했어요. 간다고 해서 다 만날 수 있는 건 아니겠지마는. 그러나 구름 자동차가 앞장을 선다면 문제가 없겠죠. 아득한 태곳적부터 천하를 두루두루 보아온 그예요. 단단이 하늘에 간절한 기도를 했어요. 그 보답으로 하느님이 구름 자동차를 보내주었지 않았겠어요.

그리메가 새매 같아요. 날렵한 몸매가 돋보여요. 부룽부룽 차가 저 혼자 시동을 걸어요. 연료는 진심과 열정이에요. 기름이 아니에요. 여길 보세요. 그리메가 양쪽 날개를 스르르 펴요. 구름 자동차가 황홀한 표정을 지어요. 둘을 바라봐요. 미소를 보내요. 신들과 영웅이 있는 곳을 훤하게 꿰뚫고 있다는 표시예요. 단과 영은 들뜬 마음을 수굿이 누르며 구름자동차에 올랐어요. 미끄러지듯 차가 움직여요. 햇살이 활발하게 체조를 하는 아침녘이에요. 바람이 지나가고 구름이 흘러가요. 구름길이 오르락내리락, 끝없이 이어지는 들판을 달립니다. 한참을 가요.

아침이 찾아온 들판은 고즈넉한 황금색으로 찬란해요. 울퉁불퉁한 현무암 지대를 지나가요. 기괴한 모양의 바위기둥들이 병사들처럼 도열해 있어요. 사열하듯이 그리메가 스르르 앞으로 나아가요. 끝없는 초원이 펼쳐져요. 드문드문 돌탑이 보여요. 바람이 층층이 쌓은 탑이겠죠. 아무래도 이곳에서는 바람이 주인인가 봐요.

그리메가 마치 물인 양 흘러갑니다. 저기 높직한 산이 멀리 보여요. 특이하게 생겼네요. 봉우리 하나가 하늘을 찌를

듯이 뾰족하게 솟았어요. 그러고 보니 봉우리 자체가 하나의 산이에요.

'괴상하게 생겼네. 그래 저 산이구나.'

둘은 마주보며 싱긋 웃어요. 사진에서만 보던 높다란 돌산이에요. 저 산이 틀림없어요. 가까이 가니 산 아래는 커다란 동굴입니다. 그러니까 그 모양새가 마치 입을 크게 벌린 메기 같아요.

둘은 구름 자동차에서 천천히 내려요. 손을 꼭 잡고 동굴 입구로 걸어가요. 조용한 가운데 거침이 없어요. 동굴은 엄마 뱃속 같은 느낌이에요. 그래서일까요, 둘에게는 이곳이 낯설지가 않아요. 사람은 누구나 동굴 속 같은 엄마 뱃속에서 열 달을 살다가 나오잖아요. 어쩌면 동굴에 대한 그리움을 다들 원초적으로 간직하고 있는지도 몰라요. 단단과 영영은 동굴 속으로 빨린 듯이 들어섰어요. 둘의 앞뒤에는 호기심이 앞장을 서고 긴장감이 뒤를 따라와요. 손을 맞잡았으니 남은 한 손으로 단과 영은 영상 폰을 들었어요. 그리메가 가만히 그 뒤를 따라와요.

첫 만남은 예상보다 빨랐어요. 동굴 초입 즈음이에요. 해신을 만났어요. 옛날 벽화 속을 뚫고 해신이 등장했어요. 갑작스런 출현이에요. 놀란 표정으로 둘은 해신을 바라봐요. 해신의 얼굴은 둥글고 황금색이에요. 해를 보는 듯해요. 머리 위에는 해님이 모지의 장신구처럼 붙어 있어요. 둥근 해가 미끄러질 듯 머리 위에서 아슬아슬해요. 해가 이글이글 살아 있어요. 해신이 풍성한 미소로 단과 영을 지긋이 내려다봐요.

"그래, 그대들은 어쩐 일로 여기까지 왔는고?"

봄 햇살처럼 푸근한 말소리지만 위엄이 살얼음처럼 박혀있어요. 울림이 좋고 깊이가 있어요. 단단과 영영은 경계의 빛을 풀고 낯빛을 맑게 다듬었어요. 둘은 입을 맞춘 듯이 해신에게 똑같은 질문을 던져요.

"해신님은 왜 이런 곳에 숨어 사시나요?"

어둠이 백태처럼 끼어 있는 동굴 속을 훑어보며 해신이

입을 열어요.

"아니 아니, 그게 무슨 말이야. 나는 숨어 산 적이 없어."

"다만 달신과 함께 살고 있을 뿐이지."

해신의 말소리를 받아 동굴 안 공기가 조용히 맴놀이 쳐요.

"아니, 달신님도 여기 있나요?"

달신이라는 말에 단과 영은 서로를 마주봐요.

'달신이라면 여자가 아닐까?'
'그러면 해신은 당연히 남자일 테고.'

그러고 보니 해신은 남자 같아요. 둥글지만 남자의 얼굴 선이 뚜렷해요. 짧은 머리에 눈빛이 강하게 살아 있어요. 몸은 용의 몸뚱이에요. 천변만화의 조화가 기다란 몸통에 아련히 꿈틀거려요. 기괴하고도 아름다운 형상이에요.

"달신님은 어디 있나요?"

영영의 뜬금없는 질문에 해신은 말없이 미소를 삼켜요. 마치 '내 옆에 있지 않느냐' 하는 표정이에요.

'아앗, 이게 웬일일까요?'

해신 곁에는 어느 틈에 달신이 그림자처럼 서 있어요. 희미하게 모습을 드러냈어요. 그의 머리 위에는 무슨 항아리 같은 게 얹혀 있네요. 아마도 달인가 봐요. 얼핏 보아 그것은 해와 다르지 않아요. 그러나 항아리는 한 번씩 반달 모양으로 제 모양을 틀어요. 자신이 달신임을 증명이라도 하듯 머리 위 항아리는 반달과 온달을 오가며 모양을 섞바꾸어요. 해신과 달신은 서로가 본체이고 또 서로가 그림자인 듯해요. 둘로 나뉘었지만 하나가 되려고 해요.

단과 영은 부끄러움으로 얼굴이 발개져요. 사춘기 소년,

통일소년 단단

소녀의 몸에 열기가 올라와요. 몸이 후끈 달아올라요. 뜨거워져요. 기분이 야릇해져서 둘은 잡고 있던 손을 슬며시 놓았어요. 단의 손바닥 지문 깊은 곳으로 영의 체온이 뜨겁게 스며들었어요. 이 느낌이 무어랄까 바로 동굴 속 한 점 햇빛과 같다고 단은 생각해요.

단과 영은 지금 눈앞에 있는 해신과 달신이 혹시 환영이 아닐까 하고 의심도 해요. 헛것이 아닐까 하는 의구심에 서로 눈짓을 해요. 둘은 동시에 머리를 내저어 환영을 쫓으려 했어요. 그러나 해신과 달신은 그들의 눈앞에 더더욱 또렷해요. 둘은 당황의 구렁텅이에 철퍼덕 빠져들고 말았어요.


어색한 분위기를 눈치챈 해신이 앞으로 썩 나서요. 가마우지처럼 양팔을 벌리며 해신이 말을 꺼내요. 그렁그렁한 목소리에 다정함을 담았어요.


"우리는 말이야. 보다시피 늘 함께 있어. 항상 서로를 간절히 원하지. 안 보면 보고 싶고, 보면 또 보고 싶고. 운우의 정을 나누며 하나가 되었다가 다시 떨어져. 그리고 헤어지면 그립고, 보고 또 봐도 또 그리운 거야."

해신이 잠시 뜸을 들여요. 말소리에 가락이 살아 있어요.

"우리는 세상 속 어디서나 함께 하지. 특히 로맨틱한 러브신을 기대하는 곳이면 우리들이 어김없이 등장해. 남녀가 놀이공원이니 영화관에서 데이트하는 장면에도 우리가 섞여들어. 어린 학생의 풋사랑 풋 가슴에도 우리가 예외 없이 현신하지. 아니 어쩌면 현생의 인물 하나하나가 다 해신이고 달신이라고 보는 게 맞을 것 같아. 내가 볼 때 너희 둘은 서로가 해신이고 달신이고 그래."

해신의 말 끝머리에 단은 숨이 컥 멎는 것 같았어요. 왜냐하면 조금 전 영영에게서 달신의 모습을 얼핏 본 거예요.

'그러하면 영에게 나는 해신인가?'

단은 이 생각에 몸이 흠칫 떨렸어요. 그렇다면 단단과 영영은 영락없이 해신과 달신의 화신이 아닌가 말이에요.

아아, 알 것 같아요. 해신과 달신은 늘 같이 있어요. 동시에 존재해요. 해신의 그림자가 달신이고 달신의 그림자가 해신이에요. 단단은 전율해요. 놀라운 사실과 처음으로 낯을 트며 악수를 했어요. 이제까지 남자와 여자는 무조건 구별되고 전혀 다른 존재로 알고 있던 단으로서는 충격이에요. 해신과 달신이 같이 다니는 것은 남자 속에 여자가 있고 여자 속에 남자가 있다는 이치가 아니던가요? 옛날에 융이라는 심리학자가 '애니마'와 '애니그마'라는 이분 개념으로 이것을 정리한 적이 있었다던가요? 남자가 양의 기운이 강하면 여자는 음이 되고, 남자가 양의 기운이 약하면 여자가 양의 기운이 되어요. 어쨌든 남녀가 기회만 되면 운우의 정을 나누고 싶어 한다는 게 전혀 이상하지 않은 셈이에요.

우주는 기로 가득 들어차 있다지요. 종교적인 측면에서 보면, 남성적인 면과 여성적인 면이 조화를 이룰 때 깨달음이 완성된다고 해요. 가장 이상적인 인간은 남성성과 여성성이 조화를 이룬 인간이라고 하데요. 기가 균형을 이루면 세상이 고요하고 균형이 깨지면 세상이 어지러워요. 살면서 이 둘이 조화를 이루지 못하면 사람은 항시 결핍을 느껴요. 그래서 상대의 성을 끊임없이 갈망하게 되지요. 유사 이래로 남녀의 기가 사회적으로 균형을 이룬 경우란 없어요.

언제라도 남녀 기운이 파동을 일으키며 활발히 꿈틀거리고 있어요. 흔들리고 섞이고 부딪히고 하면서 사회 공동체에는 새 기운이 늘 일렁거려요. 인류 역사를 찬란하게 비추어주는 남녀의 위대한 사랑이거나 일상의 비루한 성적 욕구이거나 간에 남녀 관계라는 게 다 이런 성격의 것이 아니겠어요? 바다가 쉼 없이 출렁이는 것처럼 남녀 에너지도 균형을 찾으려고 멈춤 없이 출렁거려요. 아니 그게 아니라 한 순간도 쉬지 않고 출렁대는 것이 바로 균형의 상태라고 할 수 있겠지요.

구름이 흘러가네 햇살이 춤을 추네
사랑이 넘쳐나네 웃음이 반짝이네
아무렴 그대와 함께 수수백년 살고파

단단은 오늘 해신을 만남으로써 남녀의 틀에 박힌 이미지를 깨뜨렸어요. 사람 사람은 하나하나가 해신이에요. 동시에 하나하나가 달신이에요. 해이면서 달이기도 한 존재

　　　　　　　　　통일소년 단단

가 바로 사람이라는 것. 남자이면서 동시에 여자이기도 한 존재가 바로 사람이라는 것. 참 재미있네요. 남자 속에 여자가 살고 여자 속에 남자가 사는 것인가요? 남녀가 사랑을 하고 운우지정을 나누는 것은 결국 자신을 사랑하는 것이에요. 자신을 사랑하는 것이 남을 사랑하는 것과 같아요. 순서를 바꾸어 말해도 결과는 같아요. 남을 사랑하는 것이 결국 자신을 사랑하는 것이 돼요. 세상의 모든 사랑은 자기애와 맞닿아 있어요. 자기애의 복제판이어요. 지금 단단의 머릿속은 복잡하고 혼란스러워요. 영의 눈을 그윽이 들여다보며 단단은 가슴 속 깊이 중얼거려요.

'영영, 우리는 지금 꿈을 꾸고 있는 걸까?'

'아아, 꿈이라면 이렇게 생생할 수가 있을까?'

영이 단단의 표정을 읽고 처방을 내려요.

'이건 꿈이 아니야. 똑똑한 현실이야.'

'바보, 자 나를 만져보란 말이야.'

영영이 단단의 손을 끌어당겨 자기 볼에 대어요.
단단은 뜨거움에 소스라쳐요.

'아아, 해신, 달신이 내게도 있어'

사탕 앞에서 절제를 모르는 아이처럼 단의 심장이 펄떡
펄떡 뛰어요.

해신이 쏘아보는 눈빛으로 단을 바라봐요. '왜 그리 숙맥
이야!' 하는 낯빛인 것 같아요. 단은 자신도 모르게 몸을 움
츠렸어요. 손에 전해져오는 영의 감촉과 따스한 체온이 위
로의 빛을 던질 뿐, 사위는 무거움 속에 깊이 빠져들고 있어
요.

'아니 해신이 내게 뭐라는 거야?'

'해신이 나랑 무슨 상관이야?'

단단이 지나가는 시간 위에다 잠시 한숨을 얹었어요. 영영이 잡힌 손을 빼더니 앞머리를 쓸어 올려요. 때마침 바람한 줄기가 들어와 동굴 안을 천천히 맴을 돌고 있어요. 그 바람에 해신이 춤을 춰요. 너울너울 춤을 춰요. 불춤을 춰요. 불의 꽃이 피었어요. 예쁘게 피었어요. 불꽃이 가만가만 움직여요. 춤을 춰요. 단과 영은 황홀한 심정이에요. 꽃불의 아름다움에 흠뻑 빠져요. 농염한 불빛에 젖어들어요. 불이 살아 있어요. 불꽃은 가만 있는데, 사실은 그게 바로 춤에 집중하고 있는 거예요. 이게 해신이 하는 일인가 봐요. 해신은 불로써 말해요. 춤으로 사랑을 전해요.

불같은 사랑은 있어도 물 같은 사랑은 없어요. 해신의 삶은 하루하루가 불놀이인가 싶어요. 그래요, 해신은 불을 가지고 사랑을 말하고 있어요.

"사람들아, 너희는 언제든 사랑하며 살아라."

이렇게 전하고 있어요. 살며 사랑하라고, 불처럼 살라고, 해처럼 뜨겁게 살라고 말해요. 서로 다른 둘이서 만나 하나로 녹아드는 게 사랑이라는 걸 직접 보여주고 있어요. 영영의 두 볼에도 꽃이 피었어요. 환해요. 몸뚱이가 불구덩이가 되도록 불같은 사랑을 나누고픈 맘이 소쿠라졌어요. 그 누군가를 빨리 만났으면 좋겠다는 생각이 들었겠죠. 단단의 가슴 속에도 달뜬 사랑이 펄펄 끓어올라요. 그런데 영영이 바로 그 사람이라고는 심삭조차 못 하나 봐요. 어처구니가 없으면 맷돌을 못 돌려요. 안타깝군요. 등잔불 아래가 가장 어둡다는데 단단이 꼭 그 짝이군요. 영은 단과 맞잡은 손에 슬며시 힘을 실어요. 그런데 어럽쇼, 둘이 동시에 그랬어요. 이심전심이 딱 마주쳤어요. 손바닥 위에서 단단과 영영이 춤을 춰요. 뜨거운 마음이 마주선 채 붉디붉게 포개져요.

단단은 영영의 얼굴을 찬찬히 응시해요. 그것만으로 말할 수 없는 즐거움과 감동을 느끼고 있어요. 동굴의 차가운 응원을 받아서일까요. 아니 신들의 질시 어린 눈빛 때문이겠지요. 둘은 오히려 가벼운 기분이 되어 편안해요. 사랑의 파도를 실컷 즐길 수 있을 것 같아요. 사이에 짜릿한 서정의 잔물결이 돋아나요. 둘은 천리경 구슬처럼 시시각각 사랑의 모습을 바꾸어가요. 파도처럼 그침이 없어요. 순간이 멀다 하고 변해가요. 사랑의 전개 과정은 인간의 감각이 도달할 수 없는 한계점을 절로 인정하게끔 되어 있거든요. 영영의

통일소년 단단

살아 움직이는 표정과 동작에는 수천의 풍경과 수만의 드라마가 입력되어 있어요. 매 순간 새로운 것들이 작은 몸짓에 감돌아들어요. 단단은 전율에 몸을 떨어요. 하늘이 보낸 영감과의 만남이 진행되고 있다고 해야 할까요?

동굴 속 공기의 흐름이 무시로 섞바뀌는 분위기예요. 쉼없는 불꽃 움직임이 몽환의 세계를 겨끔내기로 만들고 있어요. 단단과 영영은 사랑의 미로 속으로 나란히 미끄러져 들어가요. 환희와 고통이 뒤섞인 묘한 표정을 하고서 말이죠. 정신과 육체가 하나 될 때 그들은 비로소 서로에게 참사람이 될 거예요. 그렇지 않나요?


색다른 하루가 지났어요. 둘이는 어제 동굴 안에서 풋잠을 잤어요. 오늘은 물의 신을 만날 거예요. 첫날은 불의 신을 만났으니까. 어라, 빠르기도 하지요. 그가 나타났어요. 물의 신이 왔어요. 동굴 속에 숨겨진 폭포수처럼 불쑥 나타났어요. 이름은 미르. 미르는 물방울처럼 둥글둥글해요. 그는 방심해도 좋을 법한 얼굴을 가졌어요. 미완성 교향곡 같아요. 마주 대하면 편안하고 자연스러워요. 본인도 그렇고 상대도 그럴 것 같아요. 흔하고 자연스러워서 있는 둥 만 둥한 자연 그 자체라고나 할까요? 그는 자기의 존재감을 강요하지 않아요. 있기도 하고 없기도 하면서 물처럼 흘러가고 바람처럼 지나가고 안개처럼 다가와요. 있으면 있나보다 하고 없으면 없나 보다 해도 좋을 것 같아요. 그래 맞아요. 그는 물 같은 사람이 분명해요. 그는 차별의 칸막이를 치우게 해요. 경계심을 풀어놓게 하는 얼굴이에요. 물 덤벙 술 덤벙, 사람 좋은 형상이에요.

그래도 학교 다닐 적에는 교과 성적이 우수해서 '수수수'를 내내 받았음직한 눈빛이에요. 똑똑한 기운이 눈빛에 총총 묻어나요. 그래요, 눈이 원래 하늘의 빛을 모으고 그 빛을 되비추는 곳이라는 걸 그의 눈빛이 말을 하고 있어요. 미르가 그걸 제대로 보여주고 있네요. 보세요. 미르는 같은 몸짓을 거듭해요. 지루할 만큼 하염없이 반복하고 있어요. 아하, 자세히 보니 그게 춤을 추는 거예요. 봄날 들판에 아지랑이가 일렁대는 듯한 춤사위예요. 미르가 어깻짓을 할 때마다 주변 공기가 미세하게 요동을 쳐요. 이 또한 사랑 에너지의 파동이 아닐는지요.

미르가 입으로는 연신

통일소년 단단

"숭구리 적적, 치나 쾡쾡! 숭구리 적적, 치나 쾡쾡! "

소리를 내놓아요.
그 소리가 묘하게 중독성이 있어요.
단단이 속으로 따라해 봐요.

"숭구리 적적, 치나 쾡쾡! 숭구리 적적, 치나 쾡쾡! "

미르가 춤을 추며 시조 한 상을 차려내요.


　　도깨비 저 도깨비 춤추며 노는구나
　　또각또각 발 도깨비 하늘하늘 손 도깨비
　　하룻밤 신명놀이에 천년 꿈이 새롭구나


　단단은 넋을 놓고 보고 있어요. 저도 모르게 흥이 솟구쳐
어깨가 들썩여져요. 단단을 볼라치면 우리를 흥의 민족이라
칭할 만하다는 생각이 들어요. 옆에서 영영이 동의하는 눈

빛을 보내요. 단단이 깍짓손에 힘을 더욱 주어요.


'영이 있어 참 좋다'


행복의 잔물결이 단단의 환한 얼굴에 어룽져요.


미르 신에게 단과 영은 부탁을 해요. 간절한 부탁을 해요. 무릎을 꿇고 빌어요. 꿈에 얼비치는 나라를 진짜 우리나라로 만들어달라고 빌어요. 사랑이 넘치는 나라, 행복이 넘치는 나라를 찾아달라고 해요.


'어떻게 하면 최고의 나라를 만들 수 있을까요?'


'사람이 사람답게 사는 나라는 어떤 나라일까요?'


'아름다운 세상을 만드는 힘을 어디서 찾을까요?'


미르 신이 춤으로 말해 줘요. 그가 일러주는 좋은 나라는 꽃 나라예요. 무궁화 나라예요. 아침에 피었다가 저녁에 지

통일소년 단단

는 꽃, 무궁화. 무궁화가 지천으로 피는 곳이 으뜸 나라라고 해요. 그런데 무궁화는 본디 배달겨레의 꽃이 아닌가요? 은근과 끈기, 그리고 불멸의 상징이라는. 무궁화를 통해 한민족의 본성을 되찾아 이로써 세계 평화에 이바지해야 한다는데요. 지금은 통일 조국 대동인으로서의 자긍심 회복이 절실해요. 100년 동안의 분단과 대립으로 한반도가 물심양면으로 기의 만신창이가 되어 있으니까요.

나라 사랑과 나라 자랑은 동전의 양면과 같아요. 나라 자랑이 곧 나라 사랑이에요. 나라 사랑이 저절로 나라 자랑이 돼요. 나라를 사랑하지 않고서 나라를 자랑할 수 있나요? 두 동강 난 한반도가 하나의 통일 국가에 이르기까지 배달겨레의 몸뚱이에는 처절한 상처와 고통이 새겨졌어요. 남과 북은 나란히 분단 시대, 총 나라 시절을 너무 오래 살았거든요. 부끄럽고 참담한 역사 속에서 안 좋은 기억들이 너무 많아요. 통일 1세대 사람들은 지나간 세월에 총 나라에 살았던 걸 많이 부끄럽게 여기고 있어요. 오늘날 대동 세상 꽃 나라에 보금자리를 틀고서 역사의 강물 저 건너 총 나라를 바라보면 회환이 참 많기도 하겠죠.

어제는 지나갔고 이 순간 눈부시다

지금이 이곳이고 이곳이 지금이다

매일을 오늘에 살고 이 순간이 있을 뿐


해신과 달신이 앞장을 서요. 단단과 영영이 뒤를 따라요. 볼 장을 다 봤으니 배웅하려는 걸까요? 둘은 고마운 마음을 가득 담고서 깍듯이 배꼽 인사를 했어요. 그런 후 돌산이 먹다가 내뱉은 사과 알처럼 단과 영은 동굴 밖으로 굴러 나왔어요. 푸르스름한 안개가 자오록해요. 지척이 몽롱한 속에서 구름 자동차 소리가 뒤를 따라와요. 부릉부릉 둘을 태우고서 다시금 먼 길을 떠나려 하겠죠?

단과 영이 그리메에 오르자 차가 하늘로 훌쩍 솟구쳐요. 그리메가 구름 위의 구름이 되었어요. 그리메가 구름처럼 흘러가요. 느직하면서도 빠르기도 하지요. 한참을 갔어요. 어떤 도시의 한복판에 그리메가 한참을 떠 있어요. 아래를 보니 게거품 뿜어대듯 사람들이 북적대고 있네요. 차들, 건물들, 사람들이 뒤엉켜서 정글 숲이 어지러워요. 도시인들도 아마 자연이 그리웠나 봐요. 이렇게 인공적으로 숲을 만

통일소년 단단

들어 사는 걸 보니 말이에요.

드디어 도착했어요. 여기는 꽃 나라입니다. 해마루 사부가 단단과 영영을 데리고 꽃 나라를 찾아왔어요. 사부가 단단에게 대뜸 물음을 던져요.

**해마루**: 무궁화 꽃에 대해 자세히 설명해 줄 수 있겠니? 꽃 나라가 어떤 나라인지를 누구나 알 수 있도록 말이야.

**단단**: 넵, 알겠습니다. 무궁화는 꽃 나라의 국화예요. 꽃 나라의 상징이지요. 특별한 꽃이에요. 여름에 꽃이 피어요. 왜냐하면 보통 여름에 꽃을 찾아보기 힘들잖아요? 꽃이라면 으레 봄꽃이니까요. 특히 7월에는 꽃을 구경하기가 영판 힘들어요. 그때부터 10월 사이에 천지 어디에도 꽃이 잘 보이지 않잖아요. 그런데 무궁화는 바로 이때의 100일 동안을 줄기차게 피고지고를 반복해요. 이런 까닭에 무궁화는 꽃 중의 꽃이라고 불리지요. 이곳 꽃 나라 사람들은 서로를 꽃 사람이라고

불러요. 꽃 나라에는 국민이라는 말이 없어요. 국민이라는 말을 이곳에서는 사용하지 않아요. '국민'은 예전에 '황국신민'을 약칭했죠? '황국신민학교' 준말이 '국민학교'였어요. 물론 '국민학교'는 오래전에 '초등학교'로 이름을 새로 고쳤겠지요?

여기에는 한 맺힌 사연이 있어요. 옛날에 꽃 나라가 이웃인 뱀 나라의 식민 지배를 받은 적이 있어요. 뱀 나라 괴물이 흉측한 입으로 꽃 나라를 꿀꺽 집어삼켰어요. 그러나 어두컴컴한 괴물의 뱃속에서도 꽃 나라는 죽지 않고 백 년을 견뎠어요. 안에 갇혀서도 꽃 나라는 희망을 잃지 않았어요. 무궁화 꽃잎은 그러는 중에도 쉴 새 없이 새것으로 탈바꿈하였어요. 괴물 뱃속에서 무궁화나무가 더욱 튼튼하게 자라났어요.

햇살이 눈부시게 내리쬐던 여름철이었어요. 어느 날 아침에 마침내 괴물의 배를 가르고 무궁화나무가 불쑥 솟아났어요. 8.15 광복이 되었어요. 해를 다시 본 거예요. 100년 만에 무궁화동산이 지상에 활짝 열렸어요. 알고 보면 무궁화는 꽃 중에서도 유독 해를 좋아하고 해를 사랑해요. 해바라기보다도 더욱더 해를

통일소년 단단

사랑해요. 유난한 해님 사랑이 해바라기를 뛰어넘어요. 그 마음 하나로 꽃 나라는 다시금 붉은 해를 머리 위에 이게 되었어요. 이글이글 해가 빛나는 나라, 꽃 나라가 새로 탄생했어요. 뱀 나라 괴물은 죽고 그것을 거름으로 하여 무궁화는 수없이 많은 우람한 꽃나무가 되었어요. 그 찬란한 꽃나무 동산이 바로 지금의 꽃 나라가 아니겠어요?

**해마루**: 어유, 단단이 공부를 많이 했구나. 꽃 나라 발표 내용이 아주 좋아. 요약정리도 잘 했고 아주 대단해. 이어서 얘기를 계속해 볼까?

**단단**: 네, 고맙습니다. 이곳에서 한 송이 꽃은 사람 한 사람이에요. 꽃은 아침에 피고 저녁에 떨어져요. 삶과 죽음이 바싹 붙어 있는 거죠. 그래서 삶이 한층 아름다워요. 죽음을 곁에 둔 삶이야말로 얼마나 아름다운가요? 죽음이 없다면 삶이 추해질 테니까요. 낙화를 죽음으로 본다면 무궁화의 죽음은 아름다워요. 무궁화는 다른 꽃과 달리 꽃잎이 말라서 낙화하는 게 아니에

요. 무궁화는 깨끗한 제 모습을 유지한 채로 낙화해요. 죽는다기보다는 잠을 잔다고 하는 게 맞을 것 같네요. 이것은 마치 선사 시대에 사람들이 해가 떨어지면 잠자고 해가 솟아오르면 일어나 활동하는 것과 같아요. 인간을 세외하고 뭇 생명들은 지구 역사에서 지금도 이렇게 살고 있어요. 인간은 오늘날 전혀 다른 방법으로 살고 있지만요.

그런데 꽃 사람은 10000년을 살아요. 평균 수명이 일만 세예요. 이곳 꽃 나라의 하루는 다른 바깥세상의 100일과 같아요. 왜냐하면 무궁화가 100일 동안을 쉬지 않고 피고 짐을 계속하기 때문이에요. 그러므로 꽃이 떨어졌어도 떨어졌다 뿐이지 꽃이 진 게 아니에요. 다음 날에 감쪽같이 꽃송이로 고스란히 되살아나거든요.

**영영**: 무궁화는 겉보기에 매우 평범하고 수수해요. 이게 어떻게 나라 꽃이 되고 꽃 나라가 될 수 있었나요?

**해마루**: 글쎄다. 우리가 단단의 대답을 한번 들어볼까?

**단단:** 넵, 제가 한번 말해 볼게요. 지구 생명체 거개가 그렇지만 무궁화 역시 해를 좋아해요. 우리는 무궁화가 담벼락 옆에 있는 걸 많이 보아서 그렇지, 무궁화가 그늘진 자리를 좋아하는 게 아니에요. 사실 무궁화는 우리들 생각 이상으로 햇빛을 좋아해요. 여느 것 못지않게 해를 좋아하고 햇빛을 사모해요. 많은 사람들이 무궁화를 울타리로만 알고 사용하는 것은 명백한 잘못이에요. 섬나라 괴물의 뱃속에 갇혀있던 100년 세월이 갖은 오해를 불러와서 그래요. 무궁화는 밝은 곳보다 어두운 곳을 좋아한다고 말이에요. 이건 괴물 뱃속의 100년 세월이 길들인 잘못이에요.

이곳 무궁화 나라의 꽃 사람은 누구보다도 태양을 숭배해요. 태양 숭배 민족이에요. 그들은 흰색을 좋아해요. 흰색은 햇빛이고 태양의 상징이죠. 꽃 사람들을 으뜸가는 태양의 민족이라고 보면 꼭 맞아요. 태양이 바로 '홍익인간'이지요. 꽃 사람은 한 명 한 명이 다 홍익인간이에요. 꽃 사람은 한 명 한 명이 다 태양이에요. 우리 대동국은 빛의 나라, 태양의 나라입니다. 날마다 삼라만상에게 생명의 빛을 고루 뿌려주는 해

님이야말로 가장 이상적인 인간이지요. 그가 홍익인
간이 맞고말고요.

**영영**: 선생님, 아직도 잘 모르겠어요. 무궁화를 왜 꽃 중의
으뜸이라고 하나요?

**해마루**: 단단에게 물어보면 좋았으련만, 기왕 말이 나왔으
니까 이건 내가 보충해서 대답해주는 게 맞을 것 같
다. 무궁화는 한 마디로 태양 꽃이야. 지상에서 무
궁화 꽃은 태양의 상징물이지. 무궁화가 태양을 대
신하는 거야. 아침에 하늘에서 햇빛이 내려와 그대
로 꽃송이로 피어난 게 무궁화 꽃이지. 그래서 한
송이의 무궁화 꽃은 이른 아침에 햇빛과 함께 피었
다가, 해가 사라지면 흐트러지지 않고 봉오리 째로
오므라져 낙화해. 아침에 피고 저녁에 지는 유일한
꽃이야. 태양과 생사를 같이하지.
　둘은 운명공동체야. 그러니까 꽃 나라는 불사
조의 나라지. 영생의 나라이고 영원의 나라야. 게다
가 한 그루의 나무에서 수만 송이의 꽃을 피우는 나

무는 무궁화가 유일해. 그야말로 조화가 무궁무진한 꽃이야. 무궁화는 말이야, 다섯 꽃잎이 하나의 꽃으로 함께 피었다가 함께 통으로 떨어져. 가족 공동체, 운명 공동체의 느낌이 강해. 자, 무궁화 꽃잎을 자세히 한번 봐봐. 손으로 만져도 보고, 코로 냄새도 맡아보라고. 무궁화를 제대로 한번 느껴봐. 무궁화 공부가 곧 태양 공부야. 무궁화 예찬이 바로 태양 예찬이야. 한 걸음 더 나아가면 태양이야말로 에누리 없이 곧장 홍익인간이라는 걸 알게 되지.


영롱한 햇살 무늬 춤추는 다섯 꽃잎
무궁화 대동 세상 무궁무궁 피는구나
보아라 지상의 태양을 다함없는 사랑을


사부의 말을 듣고 단과 영이 무궁화 꽃잎을 자세히 들여다봐요. 눈이 현미경이 되었어요. 배율이 확대되자 붉은 단심이 더욱 예뻐요. 물기를 머금어 함초롬해요. 가만히 보니 꽃잎에 이슬이 굴러들어 햇빛과 손을 맞잡고 춤을 추고 있네요. 영롱해요. 첫눈에는 각각의 꽃잎이 떨어져 있는 것처럼 보였는데, 손으로 직접 만져보니 하나의 통꽃이에요. 그러기에 단심에 맺힌 이슬방울이 깨어지지 않고 보석처럼 제 모양 그대로 고스란한가 봐요.

사부의 응원에 고무된 단단이 꽃 나라 이야기를 이어갑니다.

**단단**: 무궁화가 그렇듯이 꽃 나라 사람들은 언제나 부지런하며 노상 새로운 것을 추구해요. 그들은 타고난 근면성과 진취적 정신을 가슴에 훈장처럼 달고 있어요. 특히 낯선 이국 생활에 도전하고 적응할 때 꽃 사람들의 이러한 특성이 최대한 발휘되지요. 그들에게는 강인하고 따뜻하고 한결같은 마음이 있어요. 꽃 나라 사람들의 기질은 피고 지는 무궁화 꽃잎에 아로새겨져 있지요.

단과 영은 꽃잎을 더욱 유심히 봐요. 차지고 말랑한 생각

통일소년 단단

이 가슴 깊은 곳에서 맴놀이 쳐요. 둘의 가슴은 설레요. 찌릿찌릿 전율해요. 이곳은 무궁화 나라, 꽃 세상이에요. 무궁화는 어떤 고난에도 겨레 목숨붙이가 한마음으로 뭉치는 정신을 상징해요. 꽃 나라는 오늘날 인류의 평화와 만물의 행복을 지향하는 과녁의 한가운데에 있어요. 단이 꿈에라도 그렸던 이상향이 바로 지금 눈앞에 있어요. 오오 황홀한 나머지 심장이 터질 듯해요.

단과 영은 누가 먼저랄 것도 없이 서로를 부둥켜안아요. 간절했던 비원이 한순간 통했던 거죠. 전율이 일어요. 수많은 무궁화나무가 몸을 흔들며 둘에게 격려를 보내요. 바람은 향기를 머금고 둘의 곁을 맴돌아요. 그들은 한참을 감격에 떨고 있어요. 사부가 흐무뭇한 미소로 응원가를 대신하네요.


꽃 나라 찾아가자 이상향 찾아가자
아니 아니 그리 마라 여기가 게로구나
내 마음 착하게 놀면 예가 바로 꽃 나라

단과 영이 한참 만에 사랑의 마법 장치에서 풀려났어요. 볼을 붉히며 영이 사부에게 질문을 던져요.

**영영**: 무궁화를 자세히 보니까 꽃잎이 참 기품이 있어요. 한 나라의 국화가 될 만해요. 국화는 나라의 상징이잖아요. 그렇다면 무궁화는 무엇을 상징하나요? 어떤 가치와 이미지를 상징하는 거죠? 무궁화 꽃이 지향하는 가치는 결국 무엇인가요?

**해마루**: 하하하 영영이 좋은 질문을 했구나. 그래 그것이 궁금할 만도 하지.

　무궁화 꽃을 더욱 가만히 들여다보렴. 한가운데 단심계가 있고 다섯 개의 꽃잎이 이것을 에워싸고 있지? 예쁘기도 하지만 단아하고 기품이 있어. 그런데 다섯 꽃잎은 하나의 통꽃이야. 이것이 뜻하는 바는 무궁화 꽃이 지향하는 근본 가치가 '평화'라는 거지. 평화는 조화에서 나오는 거잖아. 그러기에 무궁화의 가치는 '조화'라고도 할 수 있지. 서로가 상생하는 하모니 말이야. 우주의 눈으로 보면 생명과 생명, 생명과 무생명, 무생명과 무생명 사이에 조화의 물결이 나부끼고 있어. 평화의 강물이 속으로 흐르고 있지.

우주적 존재는 한 바탕 커다란 자유 속에서 출렁이는 거야. 저마다의 자유가 존중 받을 때 조화가 이루어져. 그리고 그 조화로움이 바로 평화의 상태인 거야. 까닭에 모든 가치는 '평화'와 맞물려 돌아가야 해. 그래야 진정성이 살아있게 돼. 평화가 망그러지면 가치라는 게 아무 소용이 없어. 자칫하면 가치가 하나의 수단으로 전락하고 말아. 가치는 수단이 아니라 하나하나가 최종 목적이 되어야 하거든.

세계 평화와 만물의 행복―이게 바로 꽃 나라의 지향점이야. '홍익인간'의 참뜻이 또한 이것이지. 세계 평화와 만물의 행복을 실현하는 주체는 지금까지 태양밖에 없었어. 이것은 앞으로도 그럴 거야. 태양계의 법칙이지. 그러니까 태양이 바로 '홍익인간'인 거야. 위대한 가치를 추구할 때 비로소 위대한 결과가 나오거든. 이것을 꽃 사람들은 누구보다 잘 알고 있어. 일언이폐지하면 무궁화와 무궁화 민족은 세계 평화와 만물의 행복을 줄기차게 지향하며 그 상징이며 그 주체라고 말할 수 있지.

**영영**: 차별과 다툼과 경쟁이 지독한 세상에 평화와 조화를 추구하기란 굉장히 어려운 문제인데요, 꽃 사람들은 이런 가치를 어떻게 실현해 나가고 있나요?

**해마루**: 쉽지는 않겠지만 그다지 어려울 것도 없어. 매 순간 최선을 다하는 거지. 역지사지의 마음을 날마다 실천하면 돼. 역지사지는 배려와 섬김의 마음이야. 꽃 사람은 한 마디로 착한 사람이지. 착한 사람이 많을 때 세상이 아름다워지는 거야. 착한 사람은 무궁화 꽃의 가치를 굳게 믿고 그것을 실천하는 사람이야. 그는 사람다운 사람이 참사람임을 믿고 스스로가 참사람이 되려고 노력을 하지. 또 그는 평화를 깊이 사랑하고 있어. 꽃 사람을 사자성어로는 '홍익인간(弘益人間)'이라고 해. 세상[생명]을 널리 이롭게 하는 사람이라는 뜻이야. 홍익인간이 참사람이고 참사람이 홍익인간이지. 아 참, 해[태양]를 의인화하

면 홍익인간이 돼.

그렇다면 꽃 사람은 구체적으로 어떤 사람일까? 꽃 사람을 단단이 한번 정리해 볼까?

단단: 네. 꽃 사람은 이런 사람입니다.

첫째, 꽃 사람은 생명을 사랑하고 존중해요.

둘째, 꽃 사람은 물건을 사랑하고 존중해요.

셋째, 꽃 사람은 태양을 사랑하고 존중해요.

넷째, 꽃 사람은 이웃을 사랑하고 존중해요.

다섯째, 꽃 사람은 자기 운명을 사랑하고 존중해요.

여섯째, 꽃 사람은 자연을 사랑하고 존중해요.

일곱째, 꽃 사람은 약자를 사랑하고 존중해요.

여덟째, 꽃 사람은 역지사지를 사랑하고 존중해요.

아홉째, 꽃 사람은 홍익인간을 사랑하고 존중해요.

열째, 꽃 사람은 무궁화 꽃을 사랑하고 존중해요.

**해마루**: 고마워. 단단, 아주 잘했어. 꽃 사람에 대해서 내가 약간 보충할게. 들어봐. 꽃 사람은 언제나 긍정의

눈으로 세상을 봐. 가령 그는 게으름을 '게으름'이라 하지 않고 '인내 또는 기다림'이라고 말하지. 화려하지 않음을 '초라함'이라 하지 않고 '순수함'이라 말하지. 어디에서나 잘 적응하여 살아가는 모습을 '흔함'이나 '평범함'으로 보지 않고, '강인함'과 '극복 정신'으로 보지. 말하자면 그는 강점 이론의 화신이야. 사물이나 사람에게서 강점을 찾아내고 그것을 강조하고 강화하여, 그의 약점까지 철저히 보완하는 거지. 그렇게 하면 이것이 저절로 절대 긍정의 마음으로 이어지는 거야.

**영영**: 단단은 남쪽에서 별명이 '날팬'이었대요. '날아다니는 피터 팬'? 아니고요. '날팬'은 '날밤 새는 팬티' 준말인데요. 한 번 의자에 앉으면 놀라운 집중력으로 며칠이고 밤을 꼬박 새웠다 해서 붙여진 별명이래요. 이 재미난 별명은 그러나 평양에 오고서는 누구도 알지 못하는 옛 전설이 되고 말았어요. 그런데 이 별명이 단단은 내심 내키지 않았대요. 그래서 단단은 이참에 별명을 바꾸고 싶어 해요. 어떤 별명이 좋을까 골똘히

통일소년 단단

생각하며 고민 중이라고 하데요. 사부님이 단단에게 멋진 별명을 하나 지어주면 어떨까요? 단단을 누구보다 잘 알고 있으시니까 단단에게 별명을 지어주면 적격일 것 같아요. 저도 나름대로 생각은 하고 있는데, 그게 쉽지가 않네요. 부탁드립니다.

**해마루**: 그래? 알았어. 그러나 지금 당장은 안 되고, 내가 자주 자주 생각해 볼게. 그나저나 영영도 꽃 나라 발표를 하나 해야지. 뭐가 좋을까? 옳지, 영영이 웃고 있는 걸 보니 생각나는군. 꽃 나라 사람들은 웃음을 많이 사랑하거든. 유머를 좋아해. 왜 그럴까? 그리고 사람들에게 웃음은 어떤 의미, 어떤 가치가 있을까? 영영이 이 자리에서 이걸 한번 정리해주면 좋겠는데 말이야.

**영영**: 호호호, 고맙습니다. 제게도 발표 기회가 돌아오다니요. 더구나 꽃과 웃음이라는 주제를 베푸시니, 제 심정을 알아주는 듯해서 기분이 좋아요. 부족하나마 제가 발표해 볼게요.

웃는 동물은 인간이 유일해요. 꽃 사람에게 꽃은 곧 웃음이에요. 웃음 그 자체지요. 웃음이 꽃이고 꽃이 웃음이에요. 사람이 꽃이에요. 사람이 웃음꽃이에요. 그는 늘 웃어요. 날마다 웃음과 함께해요. 웃음을 멈추지 않아요. 꽃 사람은 종일 비소를 싯거나 때로는 시원한 웃음을 분수처럼 터뜨려요. 웃음은 본인은 물론 다른 이들을 행복하게 하지요. 나라의 문화 수준이 높으면 유머가 일상이 된다죠? 문화지수가 높다는 가장 또렷한 증표가 웃음의 일상화 정도예요. 웃음은 인류가 문화사적인 발달 과정을 거쳐 조금씩 진화해 왔대요. 인간의 지혜가 발달하여 온갖 문제에 적절히 대응할 줄 알게 되고, 마음에 여유가 생기면서 인간 사회에 조용히 나타나는 것, 이것이 바로 유머이니까요.

사람이 일단 총명해지면 인간의 지혜, 그 자체에 대해서도 종종 의문을 품게 되지요. 그러다보면 도처에서 인간의 어리석음이나 모순, 편견, 자만 같은 것이 발견되는데 이때 유머도 덩달아 나타나요. 까닭에 유머는 한 나라의 문화 수준을 말해주는 척도가 될 수밖에 없어요. 유머에는 인간에 대한 사랑이 짙게 배어 있으며, 또 유머는 슬기와 너그러움과 여유에서 나오니까 그런 거예요. 유머를 즐기는 사람이 많다는 것은 행복한 사람이 그만큼 많다는 뜻도 되겠죠. 그렇게 되면 사회 분위기도 너그러워지고, 여유도 많아지고, 그러면서 자연히 삶의 질이 높이 높이 고공 행진을 하게 돼요.


꽃 나라 웃음 나라 하하 호호 꽃동산에
총 나라 전쟁 나라 가가호호 불안 공포
어쩌랴 꽃 나라 살랴 총 나라에 또 살랴


**해마루:** 하하하 좋구나. 영영이 웃음 공부를 많이 했네. 인간은 함께 어울려 사는 사회적인 존재야. 인간 공동체 세상에서 그러니 가장 중요한 것이 정치라고 했잖아. 영영아, 그래서 말인데 혹시 유머와 정치를 연결해서 말해 줄 수 있는 무엇은 없겠니?

**영영**: 네 좋아요. 안 그래도 이건 제가 평소에 많은 관심을 가졌던 주제예요. 유머의 사용 설명서를 작성하는 기분으로 해 볼게요. 먼저 유머의 가능성에 대해 말해 볼까요? 유머는 문화를 긍정적으로 변화시킬 수 있는 무한한 가능성을 품고 있어요. 왜냐하면 유머는 사람들에게 행복한 기분을 전해주니까요. 그래서 특히 대통령 같은 사람에게 유머는 필수적인 역량이에요. 국민의 기대를 저버리고 실패한 통치자들의 공통점은 바로 유머가 부족하다는 거예요. 특히 독재자들에게는 아예 웃음을 찾을 수가 없어요. 독재자는 입을 한 일 자로 굳게 다물고 눈을 표독스레 치뜨고 무슨 굳은 결의에 차 있는 듯 아래턱을 내밀고는 자신이 아니면 세상은 아무것도 아니라는 표정을 짓곤 해요. 독재 정권이 좋지 않은 가장 큰 이유가 바로 여기에 있어요.

독재자들은 나라 전체에 웃음판을 죄 거두어요. 웃음이 없는 통치자의 지배는 심각한 부작용을 낳게 마련이지요. 왜냐하면 그런 통치자는 웃음 대신 총을 애용하기 때문이에요. 자기 뜻에 거슬리는 사람이 있

통일소년 단단

으면 언제든 방아쇠를 당겨버리라고 그는 부하들에게 명령해요. 옛날 20세기에 군부 독재자였던 박유정 대통령이 그 사람이었지요. 반면, 즐겁게 웃을 줄 아는 통치자가 있다면 우리는 유머라는 것이 정치에 얼마나 중요한 것인지를 피부로 느낄 수 있을 거예요. 통일 대통령 해봉하 시인이 아마도 유쾌 상쾌 통쾌한 그런 분이 아니었을까 하는데요.

웃음은 해독제이자 영양제예요. 웃음은 우리에게 꿈을 주고 힘을 줘요. 홍익인간은 알고 보면 유쾌한 농담가예요. 꽃들에게 활짝 피어나라고 늘 웃음을 주는 존재가 바로 유머꾼들이 아닐까요. 그렇다면 하늘의 저 붉은 태양은 유머를 즐기는 자가 틀림없어요. 생명이 꽃처럼 피어나라고 매일같이 지상으로 따스한 웃음을 보내고 있으니까요.


태양아 웃어라 너를 보고 내가 웃게
밤에는 달님이 미소를 또 전할 때
웃음은 날마다 태양 미소는 달빛이네

**단단**: 영영에게 질문이 있어요. 꽃 나라에서는 무엇이든지 무인 판매대에서 물건을 판다고 하는데 사실인가요?

**영영**: 호호호, 예, 맞아요. 사람살이에서 가장 중요한 것은 믿음이겠죠. 꽃 나라에서는 웬만한 물선은 부인 판매대에서 팔아요. 돈이나 물건을 거저 가져갈까 누구도 걱정하지 않아요. 그곳에서는 역지사지가 최고의 도덕이에요. 사람들은 서로를 위하고 서로를 믿어요. 믿음이 가치의 최우선 덕목이에요. 상호 믿음을 밑받침 삼아 그곳에서는 대학 교육까지 나라에서 무상으로 해줘요. 학생들에게는 교육용 장학금이 일정하게 지급되어요. 매달 17일이면 월급처럼 일정한 금액이 개인 통장으로 꽉꽉 입금된다는데요.

　아이들은 성적 때문에 경쟁하지 않고 어른들은 돈에 매달리지 않고 이것들에 초연해요. 사회 공동체 속에서 경쟁을 통해 최고가 되려 하지 않고 제 분수를 지키며 최선으로 생활하는 걸 배우지요. 이들은 사람을 행복하게 하는 것이 결국은 사람이며 사람과의 관계라는 것을 잘 알고 있어요. 그리고 더불어 살기 위

해 역지사지를 적극 실천해요. 무엇보다 사람이 먼저
예요. 사람을 가장 소중히 여겨요. 꽃 나라에서는 모
든 것에 앞서 사람이 있어요. 사람 사람의 생명과 안
전과 행복이 최우선이에요. 여기서는 정녕코 사람 위
에 사람 없고 사람 밑에 사람 없어요. 꽃 사람들은 자
신과 이웃을 위해 유머를 즐기며 홍익 인간의 마음으
로 베풀기를 좋아하며 낭만과 운치로 여백 있는 삶을
어우렁더우렁 살아가지요.

　단단과 영영이 사뭇 운김이 달았어요. 사부가 시키지 않
아도 서로 묻고 답하기를 거듭해요.

**단단**: 꽃 나라 사람들은 춤을 왜 그렇게 좋아하지요? 무슨
　　이유가 있나요?

**영영**: 호호호 아 예, 맞아요. 꽃 사람들은 춤을 무척이나 좋
　　아해요. 특별한 날이면 몇 날 며칠이고 잔치를 베풀며
　　춤을 춰요. 자유로운 춤, 여유로운 춤이 영혼을 정화
　　한다고 믿기 때문이에요. 아득한 고대 사회로부터 내

려오는 전통이기도 해요. 사실 알고 보면 춤에는 보이지 않는 질서가 있고 조화가 있어요. 조용하고 격렬한 몸놀림 속에 열정이 있고 사랑이 있고 철학이 있고 울림이 있어요. 춤은 자유와 질서가 함께 있기에 규정할 수 없는 아름다움을 빚어내요.

춤은 자유 속에서 질서를 찾고 질서 속에 자유가 흐르게 하지요. 한바탕 춤사위에 민주공화국의 가치가 흐드러져요. 춤은 인간 영혼의 빛과 그림자가 아우러지는 들뜬 잔치예요. 춤판은 저절로 새어나오는 삶의 환호성이 깃드는 무대입니다. 즐겁게 놀더라도 그래도 지킬 건 지키는 게 좋아요. 잘 노는 것은 잘 절제하는 것과 동일해요. 자기 일을 돌보지 않고 춤판을 고집한다든가 다른 이의 처지와 감정을 생각지 않고 춤판을 흔들어대는 일은 금물이에요.

춤은 전염성이 강해요. 춤꾼 곁에 있으면 즐거운 기분이 파동이 되어 금세 전해져요. 마치 물살이 손가락 사이로 지나가듯이 그 느낌은 스스럼없이 다가와요. 그저 즐겁고 행복한 기분이 밀려왔다 밀려가고 눈앞에서 곡마단을 보는 것처럼 짜릿해지면 그만이에

통일소년 단단

요. 어른 아이 할 것 없이 뭇 사람들은 춤을 즐겨요. 같이 어울려 노는 것이죠. 너울너울, 하롱하롱, 우쭐우쭐, 하늘하늘. 사람들은 운김에 달아 춤추는 공간을 환상적인 꿈의 무대로 만들어가요.

춤은 일종의 놀이이고 예술이기도 해요. 예술 좀 하는 이들은 한데 어울려 놀 줄 알아요. 잠을 좀 덜 자도 정신이 수정처럼 맑아요. 가슴 속에는 환희의 물결이 늘 출렁대요.

**영영**: 코리아 한 나라가 둘로 쪼개져 원수처럼 100년을 살았는데, 혹시 분단 시대에도 좋은 점이나 장점이 있었나요? 고통과 상처 말고 남북 분단이 우리에게 준 혜택이 있기나 했나요?

**단단**: 있다마다요. DMZ 비무장 지대의 친환경 상태가 남북 분단이 준 가장 큰 선물이지요. 한반도 통일 국가 대동에 이르러 이곳은 지금 세계의 명소가 되었어요. 남북의 분단과 대립이 낳은, 하늘이 베푼 단 하나의 축복이 바로 이거예요.

아니 아니에요. 이것만이 아니군요. 또 하나의 특별한 선물이 있어요. 그간의 한반도의 분단과 대립은 두 개의 체제, 두 개의 나라를 줄곧 유지해왔어요. 이게 무슨 뜻이냐 하면 우리나라가 인류 문명사에서 극히 중요한 정치사회적 실험을 하고 그 결과를 세계인에게 여지없이 바로 도출해 보여주었다는 거죠. 하나의 겨레가 국토를 정확히 둘로 딱 쪼개어서 한쪽은 자본주의를, 다른 쪽은 공산주의를 수용해서, 100년의 세월 동안 이것을 동시에 직접 실험한 곳은 지구상에 여기밖에 없었어요. 슬프고도 기적 같은 일이에요.

아 저런, 생각해보니 독특한 선물이 하나 더 있군요. 분단 조국의 현실은 동시대 사람들에게 남북통일의 큰 꿈을 공유하도록 줄기차게 자극을 주었다는 점이 그것이에요. 하나의 민족이 백 년 세월을 일매지게 같은 꿈을 꾸면서 일상을 살아간다는 게 어디 쉬운가요? 아무나 할 수 없는, 정말 대단한 일이 아닐 수 없어요. 우리는 통일 1세대의 신분과 자격으로 세계인들에게 우리 한반도의 역사를 마구 자랑해도 좋아요. 왜냐하면 우리의 꿈이 고스란히 세계 평화라는 위대한 꿈으로 나아가는 징검다리 역할을 했으니까요. 세계 평화가 한민족의 생활 역사에서 조용히 싹틀 준비를 하고 있었던 거죠. 이런저런 생각들을 정리하다보니 공연히 어깨가 으쓱하고 기분이 좋아지는 걸 자주 느껴요. 이런 내가 비정상인가요?

이쯤해서 해마루 사부가 둘의 대화에 슬며시 느낌표를 찍으며 등장합니다.

**해마루**: 춤이 어째서 꽃 나라의 정체성을 대표하는 자리에 올랐을까? 그 사연이 적이 궁금한데, 영영이 설명을 좀 더 해 줄 수 있겠니?

**영영**: 호호호, 꽃 나라와 춤은 바늘과 실처럼 꼭 붙어 있어요. 꽃 나라의 정체성과 자부심은 춤에서부터 빚어졌지요. 춤의 동작과 표정에서 긍정적 이고 낙천적인 삶의 태도가 한낮의 라디오 방송 노래처럼 흘러나와요. 아름다운 순간을 끝없는 행복감으로 채색하려는 몸짓이 춤 동작으로 이어져요. 밝은 햇빛과 깨끗한 공기가

그들을 어루만지며 위로와 안녕을 던져주어요. 춤추는 순간은 모두가 벗이며 애인이며 가족입니다. 유쾌하게 놀아나보자는 생각이 삶터를 은은하게 감싸요. 그것은 찔레꽃 향기처럼 코를 한 번 톡 쏘아주고 이내 바람과 손잡고 떠나갑니다.

파아란 하늘 아래 푸른 생명들이 춤을 춰요. 이때 바람은 하늘이 보낸 춤꾼이에요. 바람과 함께라면 무엇이라도 춤을 출 수밖에요. 바람이 사물에게서 흥과 신명을 쉼 없이 길어 올려요. 무엇이 조용히 머물자 하여도 바람이 그냥 놔두지 않아요. 그러면 이리 저리 즐거움들이 부지런히 바쁘여요. 햇빛은 즐거움과 뒤섞여 밝은 금색이 되지요. 못난 것은 털어버리고 잘난 것은 북돋우고, 세상천지가 공기 반 즐거움 반으로 퍼덕거려요. 천지에 춤바람이 나요. 우주의 기운이 부시게 활짝 피어나요. 이러니 꽃 나라가 세상에서 가장 즐겁고 행복한 나라가 될 수밖에요.

길가에 늘어선 가로수들이 마치 춤판을 궁금해 하는 구경꾼들 같아요. 아니 응원단 같습니다. 아우성치는 나무들을 뒤로 하고 사람들은 저마다 힘을 내어 춤의 절정으로 치솟네요. 춤은 놀이의 모든 것이에요. 놀이의 처음 출발도 춤이요 놀이의 완성 역시 춤이에요. 놀다 보면 흥이 나고 흥이 나면 춤을 추고, 춤추다 보면 흥이 더욱 샘솟아요. 꽃 나라의 겨레붙이는 흥의 민족, 신명의 겨레가 틀림없어요. 그래서 더덜없이 이것이 꽃 나라의 정체성이 될 수밖에요.

**해마루:** 하하하 아주 멋진 해설이로구나. 고맙고 고맙다. 이제 단단에게 물어볼게. 앞에서 우리가 한번 살펴보았던 문제인데, 여기서 되새김질한다는 의미로 한 번 더 짚어볼까. 콕 집어 말하자면 꽃 사람은 무궁화를 어떻게 생각하며 자신의 존재 이유를 무엇에서 찾고 있지?

**단단:** 꽃 사람은 자신의 존재 이유를 명확히 알고 있어요. 무궁화는 수많은 꽃 중에서 으뜸 꽃이에요. 꽃 사람은 배려와 섬김을 알고 실천해요. 무궁화는 만나는 이에게 평화와 행복, 기쁨을 선사하기 위해 아침마다 새 꽃을 피워요. 자신의 아름답고 찬란한 순간 100일을

위해 나머지 265일을 정성을 다해 준비해요. 꽃 사람은 매일을 새로운 마음으로 눈을 떠서 아름다움, 즐거움, 평화, 그리고 행복을 선사하고 마침내는 자신의 모든 것을 바쳐요. 그는 유익한 꽃이요, 헌신하는 꽃이에요.

무궁화의 일생은 단 하루예요. 날마다 그는 어제를 버리고 다만 오늘을 살아요. 어제도 아니 피고 내일도 아니 피고 다만 오늘을 피어요. 철저히 현재적이에요. 무궁화는 정녕 현재 중심의 상징이에요. 그는 약간 다름에 만족치 않아요. 날마다 완전한 새로움을 선보여요. 완전히 새롭지 않다면 그는 결코 세상에 나서지 않아요. 해와 동무하며 해와 더불어서 그는 세상을 바꾸는 실험을 계속해요. 알고 보면 혁신이란 게별 건가요? 혁신은 어렵지 않아요. 복잡하지 않아요. 혁신은 그저 단순해요. 진정한 혁신은 오직 하나에 집중하는 것입니다. 그래야만 완전한 새로움이 철저히 보장될 테니까요.

통일 나라 대동국이 집중해야 할, 오직 하나는 교육입니다. 애오라지 교육의 힘으로 새 나라를 만들

통일소년 단단

고 새 사람을 만들고 새 세상을 만들어가야 해요. 바른 인성 교육을 통해 이상 국가를 우리 힘으로 만드는 게 제일 중요해요. 그러나 미리 생각해 둘 게 있어요. 교육을 통한 길은 느릿느릿 천천히 가기는 해도, 건강하고 행복한 사회를 만드는 데는 이보다 더 튼튼하고 확실한 길이 없다는 것을 모두가 굳게 믿어야 하는 거죠.

먼먼 길 교육의 길 어깨동무 가는 길
진정한 복지 세상 애오라지 교육뿐
꽃 나라 참다운 살림을 교육으로 일구자

**단단**: 영영에게 물어볼 게요. 정말 궁금해서 그래요. 꽃 나라 사람들은 스킨십을 좋아한다는데, 그들은 왜 하나같이 스킨십을 그렇게 좋아하나요?

**영영**: 호호호, 정말 그래요. 꽃 나라 사람들은 스킨십을 무

척 좋아해요. 살과 살을 맞대어 애정을 나누기를 즐기지요. 특히 부모와 자식 간에는 스킨십이 넘쳐나요. 피부 접촉을 통해 깊은 애정의 교류가 이루어진다고 믿기 때문이죠. 부모로부터 사랑을 받고 자란 아이는 세 가슴에 '나는 사랑스럽고 귀한 존재'라는 걸 아로새겨요. 스킨십을 하는 동안 사랑하는 마음이 서로에게 뭉게뭉게 일어나며 고단한 일상에 즐거움의 파도가 밀물처럼 다가오지요. 그러면 아이는 저절로 낙천적이며 유쾌하고 긍정적인 인성의 소유자가 될 수밖에 없어요. 이런 아이는 커서 어려운 일을 당해도 결코 무너지지 않아요. 자신은 물론 다른 이의 존엄성과 가치를 꿋꿋하게 지켜줘요.

이 아이는 밝고 명랑한 기운을 받아 세상에 태어난 자신의 값어치를 십분 발휘해요. 이런 까닭에 꽃나라는 역사적으로 볼 때 발전도 없고 퇴보도 없어요. 진보도 없고 보수도 없어요. 과거도 없고 미래도 없어요. 애오라지 현재만이 빛날 뿐이에요. 현재 속에서 오직 현재가 눈부셔요. 모든 것은 이 순간에 이루어지며 이 순간에 살아 있는 것이라고 꽃 사람들은 여기지

통일소년 단단

요. 그래서 그들은 작은 눈짓 하나, 미세한 몸짓 하나에도 사랑과 행복을 매순간 샘물처럼 길어 올려요. 그들은 오직 현재에 살아 있고 현재를 즐길 뿐이죠.

**영영**: 오늘날 지구 세상은 경쟁 일변도로 나가고 있어요. 과잉 경쟁 때문에 사람살이가 피폐해지고 생활 공동체는 따스함을 잃어버렸습니다. 지금 이 자리에서 선생님께 물어보고 싶어요. 경쟁은 무조건 안 하는 게 좋은가요? 아니면 좋은 경쟁도 있나요? 경쟁은 단지 피해야 할 골칫덩이인가요? 다가가서 끌어안을 보물인가요? 경쟁을 바라보는 여러 시선을 한번 정리해 주세요.

**해마루**: 그래 좋은 지적이고 좋은 질문이야. 꽃 나라에서는 경쟁을 긍정적 에너지로 승화하며 살고 있지. 꽃 사람은 경쟁이라는 것을 아름다움을 보여주는 예술 행위로 여겨. 그렇기 때문에 여기서는 경쟁을 사랑하지. 왜 그런가 하면 살기 위해서 경쟁하는 게 아니라 경쟁을 그저 사랑한다니까 그래. 웃기지? 그

런데 이게 참 오묘한 거야. 상식과는 다르지. 이곳에서 경쟁이란 상대보다 더 많은 것을 가지고 싶어하고 더 좋은 자리를 차지하고자 하는 게 아니거든. 꽃 사람들은 경쟁을 하면서 사람이나 사회가 더 유연해지고 더 아름다워지기를 바라고 있어. 그들은 운동선수 같은 마음으로 상대를 대하고 경기하듯이 일상을 치르지. 그들에게 인생 무대는 경쟁의 아름다움을 배우며 가르치는 운동의 시공간인 거야. 치열한 경쟁이 인간미를 삭막하게 하고 사회 안전망을 망가뜨리는 원흉임을 그들은 잘 알고 있어. 승부에 지나치게 집착하는 경쟁은 필연적으로 개인과 사회를 망가뜨려. 이것은 꽃 나라가 이전의 총 나라 시대를 고통스럽게 겪어오면서 핏속으로 전해지던 그들 역사의 뜨거운 교훈이야.

그렇지. 경쟁을 하되 경쟁을 즐겨야 해. 그리고 경쟁이 '나·너·울'(나, 너, 우리) 세상을 기쁘게 하고 행복하게 한다면 그것은 아름다운 거지. 경쟁도 아름다울 수가 있어. 진정한 행복은 모두가 행복할 수 있을 때 진정으로 이루어지는 거거든. 그런 이야기가 있잖아. 어떤 나라에 갔더니 거기서는 전부 장대 같이 긴 수저를 사용해서 밥을 먹는데, 서로가 다른 사람의 입을 위해 자기 젓가락을 사용하더래. 이곳에서는 모두가 역지사지를 실천하며 밥을 맛있게 행복하게 먹을 수 있겠지. 그런데 그 옆의 다른 나라에 갔더니 서로가 자기 혼자 밥을 먹겠다고 수저질을 하는데, 이게 제대로 될 턱이 있나? 수저가 길어서 말이야. 그곳에서는 자기 혼자만 살겠다고 하니까 다들 지옥 같은 일상을 보내고 있는 거지.

사회 공동체 생활에서는 상대가 행복해야 나도 행복할 수 있는 거야. 우리 집 가족이 행복해야 그 덕분에 내가 행복할 수 있는 것처럼 말이야. 가족이 불행한데 나 혼자 행복할 수가 있을까? 절대 그렇지 않지. 그럴 수가 없겠지. 가정이나 사회가 다르지 않아. 가정을 확대한 것이 사회라고 보면 돼. 그러니까 뭇 사람들이 행복지수 높이기에 경쟁적으로 나서는 까닭이 여기에 있지. 참다운 경쟁이 흐드러지게 피면 이것이 침묵 속의 평화보다 훨씬 더 더 행복하고 아름다울 테니까 말이야.

**단단**: 개인과 국가의 관계를 생각하면 정치가 굉장히 중요한데, 정치 없이도 사회가 유지되거나 존재할 수 있나요?

**해마루**: 하하하, 아주 좋은 질문이야. 정치는 무척 중요하지. 인간이 집단을 이루고 사는 한, 정치는 영원해. 정치가 꼭 필요하지. 말하자면 정치는 인간의 운명인 거야. 인간의 관계 속에서 다양한 힘들이 생겨나고 이것들이 관계의 그물망 안에 배치되고 소비되지. 이것을 다루는 게 권력이고 정치야. 정치는 사회적 힘을 생산하고 그 힘을 배부해. 정치는 한 마디로 권력 놀음이라고 할 수 있어. 영원한 권력 놀음이지. 인간이 살아가는 한 누구나 권력 문제에서 자유로울 수가 없거든.

동물의 세계는 권력 서열이 태어날 때부터 정해져 있지만, 인간 세계는 권력 서열이 정해져 있지 않아. 그러니까 인간 사회가 유사 이래로 권력 쟁취 문제 때문에 언제나 시끌벅적해. 시대를 가리지 않고 인간들은 권력을 두고 늘 치열하게 싸울 수밖에 없

어. 왜냐하면 인간에게는 태생적으로 권력의 유무
나 대소가 정해져 있지 않기 때문이지. 그런 거야.
인간은 함께 모여 사는 동물이며, 그러니까 권력을
따먹기 위한 정치적 동물일 수밖에 없거든.


권력을 좋게 쓰면 좋은 세상 빚어지고
권력을 나삐 쓰면 나쁜 세상 되는 것을
사람아 권력을 챙겨 좋은 일에 쓰자꾸나


**단단**: 꽃 나라에서도 아이들이 학교를 다니나요? 그쪽 학교
에서는 무엇을 가르치나요?

**해마루**: 물론 학교를 다니지. 그러나 꽃 사람은 학교에서 지
식을 배우지 않아. 지식을 가르치지 않아. 다만 사
람의 도리를 가르치고 배워. 생명을 아끼고 배려하
며 생명을 존중하는 태도를 가꾸는 거지. 함께 어울
려 사는 삶의 방식을 익히는 거야. 꽃 나라에서는

학교[스쿨]라는 말 자체가 '여유'라는 뜻을 갖고 있어. 아이들은 제 하고 싶은 대로 시간표를 짜서 시간을 보내. 여기서 학교생활은 여유 그 자체야. 애면글면 공부하려 애쓰지 않아. 성적을 올리려고 자신을 다그치지 않아. 이곳저곳을 더불어 찾아다니면서 현장 체험을 하고, 여럿이 어울려서 놀이를 하고, 책을 읽고 글을 쓰고 운동과 노래와 춤을 틈틈이 즐기지. 교실은 항상 열려 있고 지역 사회 전부가 교실이야. 아이들이 가지 못 하는 곳이라고는 없어. 아이들이 하지 못할 일이라고는 없어.

아이들은 무엇이든지 가능한, 하나하나가 말 그대로 꿈의 공장이야. 저마다의 꿈을 생산하는 초록 공장이 아이들이지. 미성숙의 불안과 공포를 느낄 새도 없이 아이들은 제가끔 자기 삶을 예술로 채워나가. 미성숙은 미성숙만큼의 성숙과 즐거움이 있다고 봐. 이곳 아이들은 그것을 잘 알아. 그렇기 때문에 이곳 아이들에게 산다는 것은 즐겁게 노는 것이지. 놀기 위해 사는지 살기 위해 노는지 그 구분이 중요하지 않아. 굳이 경계를 가르지 않고 그냥 놀

아. 이건 어른도 마찬가지야. 오늘 하루 종일을 놀고 내일도 또 놀아. 모레, 글피, 그글피도 놀아. 평생을 놀지. 꽃 나라 사람이 혼자 놀 때는 예술 창작이 되고 여럿이 놀 때는 예술 공연이 돼. 꽃 사람에게 인생은 놀이거든. 꽃 나라 사람에게 인생은 곧 예술이니까 말이야.

**영영**: 꽃 나라에서 학교 교육은 모든 게 무상 교육인가요?

**해마루**: 하하하 그렇다마다. 아이들은 무상 교육의 수혜자들이야. 아침놀처럼 붉은 낯빛으로 아이들은 끼리끼리 동무하여 학교에 와. 와서 하는 거라곤 오직 놀 뿐이야. 노는 게 공부고 가장 잘 노는 게 가장 잘하는 공부라 여겨. 자연 속에서 숨 쉬고 자연 속에서 뛰어놀지. 자연과 함께하는 평화의 시간이 아이들을 돌보고 키워. 이곳은 숙제나 공부에 대한 부담감이 전혀 없어. 오직 잘 쉬고 잘 놀고 잘 먹고 잘 즐기면 돼. 학교는 공부하러 가는 곳이 아니야. 학교는 놀러가는 곳이야.

아이들은 아침에 학교에 올 때 가장 행복한 표정을 짓지. 그럴 수밖에 없잖아. 교문을 들어서면서부터 싱글벙글 미소 꽃을 잔뜩 피워. 아이들 스스로가 꽃이 돼. 꽃으로 활짝 피어나. 꽃 사람이 돼. 이렇게 해서 이 나라는 꽃 나라가 되고 사람은 꽃 사람이 되는 거야. 학교에서는 웃음이 인사고 웃음소리가 대화야. 꽃 나라 사람들은 누구나 자신의 삶을 사랑해. 인생을 예술이라 여기지. 가슴 죄며 이기려고 경쟁하지 않아. 스스로 삶을 즐기는 만큼 꽃 나라의 햇빛은 더욱 아름답고 풀빛은 더욱 푸르러. 강은 유유히 흐르고 산과 나무는 영원처럼 우뚝하고 바람은 늘 기분 좋게 불어오지.


학교는 놀이터야 만판 잘 노는 곳
아이들은 웃음꽃 운동장은 웃음판
잘 놀아 잘 살 것이면 놀지 않고 어쩔까

**단단:** 꽃 나라에는 정치인이 없다는데. 정말 그런가요? 정치가 가장 중요하다면서 어째서 그곳은 정치가 없으며 정치가 일체 필요 없게 되었나요?

**해마루:** 하하하 그래 맞아. 꽃 나라에는 정치인이 없어. 정치인을 키우지 않아. 꽃 사람들 모두가 나라의 주인공이고 모두가 정치인이지. 정치와 생활이 분리되어 있지 않거든. 생활이 정치이고 정치가 곧 생활이야. 이곳에서는 누구나 정치가야. 물론 꽃 나라에도 공무원이 있어. 그러나 총 나라에서처럼 그들은 국민 위에 군림하지 않아. 국민을 아이처럼 돌보고 부모처럼 섬기고 친구처럼 어울리고 그들을 뒷받침해주는 역할에 충실해. 꽃 나라에서는 그래. 국가란 부모님 같고 친구 같고 이웃 같은 따스한 존재야. 국민을 이용하고 국민을 위압하던 공무원 조직은 총 나라 시대에 생애를 끝냈어.

　그 옛날 총 나라 사람들은 저마다 총을 가슴에 품고 살았었지. 경쟁자를 쏘기 위해, 자신을 지키기 위해. 총 없이는 못 사는 줄 알았던 거야. 서로 죽고

**247**

죽이는 세월이 백 년. 세월은 더러운 도랑물처럼 뻑뻑이 흘렀고 사람들은 누구나 제 명에 죽지 못했어. 경쟁적으로 쏘아대는 총질에 생때같은 어린 목숨 수백 명이 한꺼번에 지기도 했어. 폭우 속 벚꽃처럼 깃이거졌시. 아아 그런 모진 세월을 이겨내고 오늘날 꽃 나라가 활짝 열린 거야. 통일 세상이 되었어. 기적 같은 일이지.


총 나라 백 년 세월 총잡이 전성시대
무한경쟁 늪에 빠져 살아남기 끔찍했네
이제금 꽃 나라에 들어 웃음꽃을 피우네


아아 그렇군요. 알 듯도 합니다. 이제 총 나라는 망각 속으로 사라졌어요. 그러나 참혹했던 한때를 역사는 똑똑히 기억하고 있어요. 단단은 책상 위에 놓인 역사 도감을 들추어요. 한 장 한 장 낱낱의 사진들이 뼈아픈 역사를 증언하고 있네요. 헐벗고 지친 표정의 사람들이 단단의 눈 속에 뛰어들어요. 인간의 존엄성을 박탈당한 자들이 슬픈 눈으로 그에게 애원의 눈빛을 보냅니다. 지나간 역사이거나 혹은 지금이거나 간에 한 사람의 운명을 되돌려놓기란 쉬운 일이 아니에요.

사람의 행불행은 대체로 사회 제도와 분위기에 달려 있어요. 이것을 인정하고서부터 단단은 복지 국가의 꿈을 꾸기 시작했지요. 진정한 복지 국가란 시민 스스로가 만들어가고 그들의 뜻에 맞추어 자발적으로 협력하며 가꾸어가는 나라가 아닐까요? 인간에 대한 예의와 삶의 존엄이 강물처럼 흐르는 나라가 정녕코 선진국이겠죠. 단단은 꽃 나라를 동경해요. 꽃 나라를 사랑해요. 통일 조국을 정녕코 꽃 나라로 만들고 싶어 해요.

찰스 다윈이 비글호 항해로 생물의 진화를 밝혔다면, 단은 그리메 모험을 통해 꿈의 이상 국가를 찾고자 했어요. 그래서 단단은 다른 생물이 그렇듯이 인간 역시 환경에 적응하며 진화한다는 생각을 가설로 세운 바 있어요. 다윈은 대항해를 통해 진귀한 동식물을 관찰하고 채집하며 보내다가 엄청난 사실을 깨닫게 되었던 거잖아요. 단단 역시 역사를 관통하는 다양한 모험 활동을 하며 나라의 진화 과정을 추

적하고 그것을 정리하고자 나선 거예요. 이 모든 걸 영영과 함께하니 더 한결 기운이 나고 기분이 설레고 좋을 수밖에 없겠지요.

단단과 영영은 일주일 단위의 생활 주기가 세상에서 가장 위대한 일상이며, 생애를 관통하는 가장 숭고한 예술이라는 걸 본능적으로 알고 있어요. 그걸 탐색하고 정리하는 게 자신의 사명이라는 걸 자각하고 있어요. 아아 알겠어요. 단과 영이 펴낼 책 이름을 알 듯해요.

나의 꽃 나라 산책—어때요? 어쩌면 이 작업은 일상의 위대함을 보여주려 하는데요. 평생을 두고 '월 화 수 목 금 토 일'이라는 일상의 텃밭이 우리 앞에 있어요. 매양 반가운 일상이 우리를 기다려요. 아아 그렇고말고요. 일상이야말로 위대함 그 자체입니다. 일상의 시공간이 바로 꽃 나라가 아닐까요?


총 나라 시대의 아픈 기억을 떨쳐내며 통일 한반도는 꽃 나라로 거듭날 거예요. 꽃 나라는 나라의 완성입니다. 완전한 복지 국가가 꽃 나라예요. 그러니만큼 사람은 누구나 꽃 나라에서 살고 싶어 해요. 여기 꽃 나라에서 등장하는 신이

통일소년 단단

흙신이에요. 흙은 만물의 삶터예요. 그러면 이 흙신의 이름은 뭘까요? 네 맞아요. ㅋㅋ '토요일'이에요. 별명은 '주말'이지요. 그런데 흙신이 학을 타고 나타났어요. 왼손은 학 고삐를 잡고 오른 손은 가늘고 긴 창을 들었어요. 창끝은 하늘과 사선을 이루고 있는데요. 그런데 창은 총 나라의 기억을 갖고 있잖아요? 그러면 사람들은 묻지요. '꽃 나라에 왜 무기가 남아 있을까?' 하하하 궁금해 할 것 없어요. 아무래도 꽃 나라에서 총 나라의 흔적이 다 사라졌지만, 그것이 보다시피 흙신에게 일부 남아 있나 봐요. 신화라는 게 사람에게는 깨끗이 지워져도 신에게야 그 흔적을 남기는 법이죠.

꽃 나라의 신은 역사의 무늬를 있는 그대로 보여줘요. 꽃 나라가 이전에는 총 나라였음을 또렷이 알려주는 장치가 바로 이런 거예요. 오늘의 꽃 나라 사람들에게는 역사의 어두운 그림자가 없어요. 그러나 사람에게는 없어도 이것이 신에게 고스란히 남아 있어요. 왜냐하면 역사는 그치지 않고 강줄기처럼 이어지니까 그런 거예요. 그런 까닭에 꽃 나라에서 신의 존재는 바로 역사의 감춰진 무늬를 선명하게 보여주는 역할을 하는 거죠. 그렇다면 이번에 학을 타고 등장한 흙신은 총 나라 역사의 무엇을 알려주려고 나타났을까요? 대답은 각자의 몫으로 남겨 둘게요. 인생에 정답이 없는 것처럼, 이 물음에도 정답이 있을 수 없어요. 여러분들 마음대로 생각하세요. 진심이에요.

하늘을 보세요.
구름이 졸고 있어요.

바람이 지나가다가
공연히 한 번 깨워봅니다.

그러나 어림없어요.

구름이 마냥 졸아요.

바람이 그냥 지나가요.

꽃 나라 흙신의 등 위로 학의 날개가 펄럭여요. 보니 학은 날개가 따로 있어요. 그렇다면 흙신은 사람 몸에 날개가 붙어 있는 거네요. 사람이 날개옷을 입은 셈이에요. 머리 위로 가늘고 우뚝 솟은 관이 인상적이군요. 옷자락 휘날리는 모습이 마치 너울대는 불꽃같아요. 불꽃 무늬가 신비감을 더해요. 오른 손은 긴 창을 꼬나들었고 다시 왼손으로는 따라오라는 손짓을 하며 인물은 뒤를 돌아다봐요. 대체 누구에게 그러는 건지 단단이 두 눈을 부릅뜨고 자세히 살펴봐도 뒤에는 아무도 없어요.

그런데도 흙신은 그 자세를 계속 유지하고 있어요. 혹시 무수한 세월이 흘러 어느 날 만나게 되는 꽃 나라 사람 누군가를 상정한 것일까요? 그런데 지금 이 순간 단단과 영영이 바로 그들이라는 생각이 드는 건 왜일까요?

단단과 영영, 그리고 해마루 사부의 대화는 끊어지지 않고 간간이 이어지고 있어요.

**단단**: 문화는 왜 시대마다 달라지나요? 사람에게 문화는 도대체 무엇인가요?

**해마루**: 물고기에게 물과 같은 것이 사람에게는 문화야. 문화는 마치 물과 같아. 물고기는 물에서 살고 사람은

문화 속에서 살지.

물에 떨어뜨려진 한 방울의 물감처럼 특정한 생각이나 행동이나 생활 태도가 사회 전체를 지배할 수도 있어. 이게 문화인 거고 문화의 힘인 거야. 그러니까 사람에게 문화라는 건 있어도 좋고 없어도 좋고, 그런 게 아니야. 인간은 공동체 생활을 할 수밖에 없잖아. 이때 인간의 생활 태도나 행동의 양식을 지배하는 게 바로 문화라는 거지. 총 나라의 문화와 꽃 나라의 문화는 마치 겨울과 여름처럼 정반대야. 달라도 많이 달라. 그러니까 나라마다 국민성과 전통 문화가 죄 다른 거지. 또 그것이 제가끔 역사 속에서 특별한 서사 과정을 거치니까 더욱 독특해지는 거야.

**영영**: 문화는 물과 같아서 위에서 아래로 흐른다고 하잖아요? 그렇다면 윗물에 해당하는 사회 지도층들이 모범적으로 잘하면, 시민들 다수의 문화 수준이 저절로 높아지는 건가요?

**해마루:** 하하하 그렇다마다. 문화는 물과 같아. 아니 물의 속성과 똑같아. 사람은 누구나 문화 속에서 살아. 여기에는 예외가 없어. 태어나면 누구나 반드시 죽는 것처럼 인간은 문화 속에서 살고 문화 속에서 죽는 존재야. 그 시대의 문화와 상관없이 산다는 건 마치 물고기가 물을 떠나 살겠다는 것과 같아. 인간은 문화를 도외시하고 살 수가 없어. 그러므로 그 사회의 지배적인 문화가 무엇이냐에 따라 사람의 생존 방식이나 행복 방정식이 완전히 달라져.

물은 위에서 아래로 흐르지. 그래서 윗물에 사는 물고기가 가령 못된 장난을 쳐서 물을 망쳐놓으면 그 피해가 고스란히 아래에 있는 물고기들에게 전달되거든. 그래 오염된 물에 살지 않으려면 스스로 윗물 동네로 자리를 옮겨가지 않으면 안 돼. 까닭에 물이 오염된 곳에서는 물고기들 간에 경쟁이 치열한 거야. 윗물 동네로 빨리 옮겨가려고 그러는 거지. 물고기 세상과 마찬가지로 인간 세상도 꼭 이렇거든.

우리가 옛날에 일제 식민지 시대를 왜 그렇게

빨리 벗어나려고, 독립하려고 발버둥쳤는지 생각
해보면 그 의미가 분명해질 거야. 일제 식민지 시대
의 주류 문화는 독재 문화요 공포 정치였거든. 그러
니까 독재 국가가 있고 공포 정치가 있는 곳은 그것
의 지배 문화가 일제 식민지 시대와 똑같다는 뜻이
기도 하지.

**단단**: 아아 그렇군요. 좋은 가르침에 감사드립니다. 그런데
간혹 보면 웅덩이에 갇힌 물고기가 어느 날 다른 저수
지로 이동해서 사는 경우가 있잖아요. 사람은 그럴 수
가 없는 건가요? 왜 사람들은 같은 틀에 갇혀 꼼짝없
이 당하며 살아야 하나요?

**해마루**: 하하하 문화라는 게 말이야, 사회 전체가 비슷한 생
각과 행동을 하도록 유도하는 역할을 하거든. 가령
고려 시대에는 사람들이 그 시대에 해당하는 옷을
입고 그때의 고유한 생각과 행동을 하게 되거든. 그
때 사람들 중에 누구 한 사람이라도 자동차 운전을
할 수 있었겠어? 자동차가 있지도 않았지만 말이

야. 잘 생각해 봐. 우리가 21세기에 살면서 300년 전 조선 시대의 말이나 생각이나 행동을 할 수는 없는 거겠지?

사회의 분위기나 여건이 갖추어지지 않은 상태에서 새 문화가 발생하기는 어려워. 어떤 문화에 오랫동안 푹 젖거나 빠지게 되면 사람들이 더는 이성적 판단을 하지 않거든. 그냥 기계적으로 같은 행동 패턴을 반복할 뿐이지. 총 나라 남쪽 친일 독재파 추종자들이 선거 때마다 무조건 1번만 찍어대는 게 바로 이런 것이야. 이때 친일은 1번과 친하다고 해서 친일(親一)파야. 1번을 좋아한다고 해서 친일파지. 통일 1세대들은 늦은 감이 있지만 그간 한반도에서 전개된 친일의 역사를 정확히 알아야 해.

사는 게 피곤하고 힘들게 되면 사람들은 주류 문화에 실려 그냥 떠내려가게 돼. 어떤 것에 대해 자기 생각이나 자기 판단이 없어지지. 총 나라인 경우 이런 경향은 더욱 심해져. 이때 그 사회의 지배 문화가 독재자 역할을 저절로 하게 돼. 보이지 않는 독재자가 되는 거지. 왜냐하면 개인이 삶에 찌들려 허덕거려야 그가 사회의 진실한 모습을 제대로 볼 수 없을 테니까 말이야. 대신에 그럴 때 독재 문화의 지배력은 한없이 커지는 거지. 생각해 봐. 인간의 모든 문화는 결국 조직 문화야. 조직체 문화, 공동체 문화인 기지. 그렇잖아?

주류 문화는 조직 사회를 일방적으로 지배하는 힘이야. 물방울이 빼곡하게 상호 연결되어 물이 되는 것처럼 인간의 문화 역시 사방팔방으로 이어져 있어. 가령 정치계의 흑백 논리와 부정부패 문화는 국가 사회 구석구석에 흑백 논리와 부정부패를 만연케 하는 방식으로 작동하지. 이것은 저절로 그렇게 돼. 막으려고 발버둥쳐도 안 돼. 어쩔 수가 없어. 물이 낮은 곳으로 흐르는 것처럼 문화 역시 위에서 낮은 곳으로 흐를 뿐이야. 어떤 나라에서 사회의 지도 계층이 썩어 있으면 하부 구성단위도 썩어 있거나 곧 썩게 된다고 봐야지. 부분과 전체가 같도록 만드는 이 놀라운 마술이 바로 문화의 힘이야. 사회를 지배하는 으뜸 분위기가 바로 지배 문화가 되는 거지.

**단단**: 21세기에 한반도에 새로운 친일파, 곧 신친일파가 등
　　　장했다는데 그게 무슨 말씀이에요? 그 친일파는 어떻
　　　게 생겨났으며 도대체 누구란 말입니까?

**해마루**: 북쪽에는 옛날에, 그러니까 8.15 광복 직후에 친일
　　　파를 다 처단했다고 했지. 그런데 남쪽 사정은 그렇
　　　지 못했어. 그래 기존의 친일파들이 우라지게 새끼
　　　를 자꾸 쳐서 그 숫자가 눈덩이처럼 불어났지. 광복
　　　이후 새로 태어난 친일파가 바로 신친일파야.

**단단**: 보수와 진보는 어떻게 나누는 거죠? 진보는 과격한
　　　것 같고, 보수는 케케묵은 것 같아서 저는 둘 다 마음
　　　에 들지 않지만서도요.

**해마루**: 하하하 그래 좋은 질문이야. 사람이나 집단을 막무
　　　가내 〈보수와 진보〉로 나누는 곳은 위험 사회이며
　　　독재 국가야. 흑백 논리 방식의 공포정치를 하는 곳
　　　이지. 나는 보수도 아니고 진보도 아니야. 반드시
　　　둘 중의 하나여야 한다는 게 흑백 논리야. 무서운

생각이지. 둘 중의 하나를 꼭 자신의 집단 정체성으로 삼을 필요가 있을까?

세상에는 지금 두 종류의 나라가 있어. 하나는 총 나라이고 또 하나는 꽃 나라야. 세상에서는 총 나라 사람을 〈보수〉라 이르고 꽃 나라 사람을 〈진보〉라 일러. 잘 기억해야 해. 〈보수와 진보〉라는 용어는 보수 진영에서 진보 측을 두들겨 잡기 위해서 사용하는 도구야. 이것은 용어 자체가 흉기라고 할 수 있지. 〈보수와 진보〉의 덫에 걸리면 누구도 도망가기가 어려워. 여기서는 누구나 올무에 걸려든 산짐승이 되는 거야. 가령 자신이 〈보수〉가 아니라고 하면 〈진보〉세력으로 곧장 몰리게 돼. 마녀 사냥이 따로 없어. 당해보면 알 거야. 이분법 사고가 물귀신보다 더 무섭다는 걸. 한반도에서 순진무구한 사람들이 이 덫에 걸려 100년의 오랜 세월을 꼼짝 없이 당하고 살아왔어.

친일파는 한 마디로 총 나라 사람들이야. 총 나라 사람은 보수 세력이지. 그들은 독재자를 숭배하고 독재 국가를 좋아하지. 힘센 공포 정치를 사랑

해. 힘을 동경해. 그 힘이 무지막지할수록 더 좋아
해. 그러니까 일제 치하에서는 조선총독부를 숭배
하고 일본을 받들었으며, 광복 이후에는 친미 독재
자와 군부 독재자와 재벌 독재자를 떠받들고 지지
했지. 친일파는 강한 독재적 힘을 사랑하는 사람들
이야. 친일파는 곧 총 나라 사람들이란 뜻이지. 보수
파와 친일파는 지지하는 세력이 같아. 한 몸 한 마음
이야. 그들은 독재자를 지극히 사랑해. 그들은 독재
국가를 이상 국가로 여기는 생각에 완전 일치하지.

**단단:** 친일파는 그만하면 알겠는데요, 그렇다면 신친일파
는 도대체 어떤 사람인가요?

**해마루:** 하하하 쉽게 설명해 줄게. 1945년 8.15 광복 이전의
친일파는 구친일파, 광복 이후의 친일파는 신친일
파야. 알겠지? 그런데 신친일파는 한반도에서 선거
권을 가지고 있어서 열심히 투표에 참여하는 게 또
특징이야. 투표를 하되 이들은 무조건 기호 1번을
찍어. 그래 1번을 좋아하고 1을 사랑하기에 친일파

(親一派)야. 이들은 국회의원 선거든 대통령 선거든 다짜고짜 1번을 찍어. 친일파라서 그래. 다른 이유가 없어. 1을 제외한 다른 숫자는 읽을 줄도 모르고 가슴에 담겨있지도 않아. 1이 힘이 제일 세다고 믿는 거지. 그들에게 2번, 3번, 4번은 없는 숫자야. 그래서 이들은 모든 선거에서 무조건 1번을 찍지. 친일파가 틀림없어. 1번을 사랑하고 1번을 좋아해. 친일파가 되지 않을 방법이 없는 거지. 모든 선거에서 1번만 주구장천 찍어대는 데야 친일파의 오명을 어떻게 피할까? 게다가 1번은 힘이 세. 무지막지해. 폭력적이고 독재적이야. 그렇기 때문에 신친일파는 기호 1번을 무지무지 좋아하고 사랑하는 거야.

**영영**: 아니 책에서 보니까 신친일파들이 선거에서 2번을 찍은 경우가 많이 있던데요, 그건 또 무슨 곡절인가요?

**해마루**: 그때는 기호 2번이 총 나라 인물이라서 그래. 다른 이유는 없어. 선거에 관한 거라면 〈총 나라, 꽃 나라〉만 잘 알면 해결이 다 돼. 안 풀리는 어려운 문제

가 없지. 가령 옛날에 말이야, 선거만 했다 하면 무조건 기호 1번만 찍어내던 지역이 있었어. 그곳 사람들은 무조건 총 나라 사람이라고 보면 돼. 그렇지, 소위 말하는 보수 친일파 세력들이지. 그곳에는 사람이 아니라 개나 돼지가 기호 1번을 달고 나와도 무조건 당선되는 곳이라고 할 만큼 친일파가 득세한 지역이야. 그들은 독재자의 가공할 힘을 숭배하고 찬양하기에 바빠. 외국에서도 이를 널리 인정했어.

**단단**: 사부님, 신기해요. 그 독한 총 나라 사람들을 해봉하시인은 어떻게 설득할 수 있었나요?

**해마루**: 하하하 한 번 총 맛을 본 사람은 그 맛을 잊을 수가 없거든. 말 떨어지기 무섭게 착착 뭐든지 이루어지고 지켜지니까 말이야. 독재의 매력이 바로 그것이지. 이건 일종의 권력 중독인 거야. 권력 중독은 약물 중독이라고 했잖아. 마약 중독과 같은 증상이지. 이들에게는 권력의 힘, 독재의 힘을 주사 요법으로

계속 채워 줘야 해. 그 뚜렷한 증상이 바로 투표에서 무조건 1번을 찍는 거지. 독재 친일파가 되는 걸로 자신의 권력 중독을 스스로 치료하는 거지.

중독은 무서운 거야. 마약 중독은 끊기 어렵고 잘 치료하기 어려워. 그런데 해봉하 시인이 여기에 용감하게 도전한 거야. 총 나라 사람들보다 꽃 나라 사람이 숫자가 더 많아지면 세상이 바뀌는 거거든. 그런데 이건 말이야, 사람의 본성을 회복해주기만 하면 저절로 해결되는 문제야. 사람은 누구나 착한 심성을 갖고 태어났거든. 사람은 처음에는 누구나 꽃 사람이야. 아이도 어른도 다 부처고 하느님이고 그래. 남자도 여자도 다 하느님이고 부처고 그렇지. 꽃 사람이 되자─이것의 실천 방법이 바로 해 시인이 주창한 〈홍익인간 다살림 운동〉이야. '다살림 운동'이야말로 총 나라에서 권력 중독을 끊는 치료법이었지. 총 나라를 넘어 꽃 나라로 가야만 우리 모두가 평화롭게 잘 살 수 있어. 해 시인은 성공했고 마침내 그는 우리나라의 첫 통일 대통령이 되었지.

이 외 다른 이야기들은 역사의 기록에 그대로

나와 있으니까, 책을 찾아 읽어보고 각자 공부하기
바랄게. 오늘은 여기까지 공부하자. 자 모두 그만,
10분간 휴식!

**영영**: 죄송해요. 선생님, 전 휴식이 필요없어요. 질문해도
될까요? 그런데 선생님, 꽃 나라는 어떤 길을 걸어서
자신의 나라를 만들게 되었나요?

**해마루**: 영영아, 그게 궁금했니? 꽃 나라에서 삶은 그 자체
가 종교야. 그러니 일상생활에서 종교만을 따로 떼
어낼 수 없었겠지? 옛날 아메리카 인디언의 언어에
종교를 뜻하는 단어가 없는 것도 같은 맥락으로 이
해하면 돼. 인디언이 부족 단위 생활을 하고 끝내
나라를 만들지 않았듯이, 그래 엄밀히 말하면 꽃 나
라는 나라가 아니라고 할 수 있지. 꽃 나라에서 산
다는 게 무슨 뜻이냐 하면, 그것은 국가 구성원으로
서의 삶이 아니고 꽃 나라의 유난한 문화를 따르는
그냥 하나의 삶의 과정으로 흐른다는 거야.

　꽃 나라는 고유한 문화를 갖고 있어. 문화는 공

기 같고 바람 같고 햇살 같은 거잖아. 눈에 보이지는 않지만 문화는 우리의 삶을 지배하는 절대적인 힘이 있어. 날씨가 우리 일상의 상당 부분을 좌지우지하고 있듯이 말이야. 맑은 날인가 비가 오는가에 따라 그날의 하루가 우리에게 미치는 영향이 상당하잖아. 어떤 경우에는, 가령 체육대회가 있다든지 하는 때는 날씨 문제가 거의 절대적이기도 하잖아.

문화는 생각을 낳고 생각은 말을 낳고 말은 행동을 낳지. 현실이라는 것은 결국 우리 행동의 결과물이거나 그것의 흔적들이지. 그러니까 사람들마다 평소의 생각이나 행동이 그만큼 소중하다는 걸 잊어서는 안 돼. 꽃 나라 사람들은 그것을 분명히 알고 있고 잘 실천하고 있어. 이 점에서 꽃 나라 사람들이 위대하고 위대하고 또 위대하다는 거지.

꽃 사람의 위대한 점이 다른 데 있는 게 아니야. 저마다 홍익인간의 마음으로 역지사지를 부지런히 실천할 때 그 사회는 저절로 꽃 나라가 되는 거야. 꽃 나라가 따로 있는 게 아니야. 멀리 있지도 않아. 너와 나의 마음 속에 꽃 나라가 이미 들어 있어. 솔

통일소년 단단

직하게 말할게. 꽃 나라는 내 마음 속 나라야.

**단단:** 선생님, 선생님! 이건 정말 궁금하거든요. 총 나라 사
람들은 왜 총을 가지고 전쟁하듯이 일상을 그렇게 살
아왔나요? 사람들은 누구나 꽃 나라에서 살고 싶어
하지 않나요?

**해마루:** 하하하 총 나라 사람들은 총을 절대 포기 못 해. 빤
하지 않아? 총 나라에서는 총이 있으면 살고 총이
없으면 죽어. 총과 빈손이 싸우면 누가 이길까? 그
러니까 너도 나도 더 좋은 총을 차지하려 경쟁을 했
지. 총을 갖기 위해 갖은 수단과 방법을 다했어. 저
절로 사회 전체가 극한 경쟁의 회오리 속에 빠져들
었지. 이곳에서는 총만 있으면 다 해결이 되거든.
총잡이들은 사회 공동체의 모든 걸 장악하고 의기
양양 살았어. 한 마디로 그곳은 가진 자들의 세상이
었지. 그래서 못된 권력자들은 남 몰래 사회악을 만
들어서 이것으로 사람들의 마음을 자꾸 병들게 했
어. 사회가 썩고 병들어야 총의 위력이 한껏 커지니

까 말이야.

문화는 돌고 돌지. 물과 같아. 윗물이 썩고 썩었는데 이 물이 그대로 아래로 흘러가. 그러면 사회 전체가 온통 썩을 수밖에 없어. 총 나라에서는 총(권력, 금력)이 모든 걸 다스렸어. 가난한 삶, 모욕적인 삶, 구차한 삶, 비루한 삶을 살지 않으려면 누구나 총을 잡아야 했지. 총잡이가 되어야 했어. 학교 교육은 개인이 총을 소유하는 데 초점을 맞추었어. 가정과 사회는 동시에 도덕과 염치를 나 몰라라 팽개쳤어. 앞다투어 이기주의에 물든 인간이 양산되었어. 사람들에게서 부끄러움이나 양심을 찾을 길이 없어졌어. 위험 사회, 공포 사회가 도래했지. '묻지 마 범죄'가 횡행했어. 이 세월이 한참 오래되었지.

2030년대 초입에 드디어 해봉하 시인이 등장했어. 한반도 현대 역사에 신기원이 열린 거지. 꽃 나라에 대한 사무친 향수를 해봉하 시인이 톡하고 건드렸어. 마치 기다렸다는 듯이 사람들의 반응은 가히 폭발적이었어. 남북 평화통일의 까닭을 감성과 인성에 호소했지. 해 시인의 열정이 거침없이 불을

뽑었어. 이게 바로 〈홍익인간 다살림 운동〉의 출발
점이 되었던 거야.

**영영**: 아아, 그렇군요. 고맙습니다. 그런데 꽃 나라 사람은
왜 흰 옷을 좋아하나요?

**해마루**: 꽃 나라 사람은 특히 상복으로 흰 옷을 입지. 그러
나 총 나라 사람은 검은색 상복을 입어. 흰색 상복
은 죽음이 삶의 끝이 아니라는 걸 보여주는 거지.
흰색은 햇빛의 상징이야. 그러니까 흰 옷은 저승과
이승이 서로 연결되어 있다는 믿음을 드러내는 거
지. 꽃 나라에서는 삶과 죽음을 하나로 보았어. 이
에 비해 총 나라에서는 검은 상복을 입어. 검은 상
복은 죽음과 삶을 단호히 둘로 가르는 역할을 하
지. 여기서는 죽음으로써 존재가 완전히 사라진다
고 봐. 죽음을 생명의 끝이라고 보는 거지. 옷의 색
깔 하나에도 그 나라의 특유의 역사와 철학과 풍습
이 들어 있어. 이런 게 바로 문화의 의미이며 가치
인 거야.

세상에는 작은 차이가 결국 큰 차이를 말하는 거거든. 그래서 작은 차이가 사실은 굉장히 중요하다는 거지. 사람살이는 작은 차이 속에서 저마다 각자의 우주를 유영하는 거야. 가령 사람 사람을 봐 봐. 기운과 느낌, 그리고 분위기가 얼마나 다른지 느껴보라고. 따지고 보면 개인의 삶도 그렇고 공동체의 삶도 이런 속성을 갖고 있지. 자세히는 다르지만 겉으로는 비슷한 게 인간이며 인간의 삶이지. 세상은 사이비로 뒤덮여 있어. 우리가 보고 있는 세상은 사이비 세상이야. 그래 숨겨진 속내를 꿰뚫어 보는 눈빛이 절실하지. 사이비가 무슨 뜻인지는 알겠지? 비슷하면서도 가짜라는 거지. 그러니까 겉은 비슷한데 속속들이 다른 게 인간이며 또 인간의 삶인거야. 이런 까닭에 어떤 삶이든 독특한 결이 있고 그속에 나름의 향기 또는 독기를 품고 있는 거지.

삶의 속살은 아주 다채로워. 어슷비슷하면서 엉뚱하기까지 하지. 아래 표현을 한번 봐봐. 삶이라는 게 이런 거야. 별 거 없어. 어쩌면 세상이란 건 진짜와 가짜의 반발이자 어울림이거든. 마치 여자와 남

270           통일소년 단단

자가 그런 것처럼 말이야. 그러니까 세상은 '음양의
조화'라고 하면 딱 좋을 거야.

"그대 위해서 죽겠소."

"그대 위에서 죽겠소."

'에궁, 좀 야하네.'
단단과 영영은 얼굴을 살짝 붉혔어요.


큰 나라 대동 나라 자랑스런 우리나라
꿈속의 꿈나라가 꿈결같이 열렸구나
모쪼록 통일 세상아 시냇물처럼 흘러라


끝

# 통일 소년 단단

초판 1쇄 발행일 2017년 1월 20일

지은이 이동훈
펴낸이 박영희
편집 김영림
디자인 박희경
마케팅 임자연
인쇄·제본 태광인쇄
펴낸곳 도서출판 어문학사
　　　서울특별시 도봉구 쌍문동 523-21 나너울 카운티 1층
　　　대표전화: 02-998-0094/편집부1: 02-998-2267, 편집부2: 02-998-2269
　　　홈페이지: www.amhbook.com
　　　트위터: @with_amhbook
　　　페이스북: www.facebook.com/amhbook
　　　블로그: 네이버 http://blog.naver.com/amhbook
　　　　　　　다음 http://blog.daum.net/amhbook
　　　e-mail: am@amhbook.com
　　　등록: 2004년 4월 6일 제7-276호

ISBN 978-89-6184-429-1　43810
정가 12,000원

이 도서의 국립중앙도서관 출판예정도서목록(CIP)은 e-CIP홈페이지(http://www.nl.go.kr/ecip)와
국가자료공동목록시스템(http://www.nl.go.kr/kolisnet)에서 이용하실 수 있습니다.
(CIP제어번호: CIP2017000190)